作家散文
典藏

金庸 著

金庸散文

作家出版社

目 录

第一辑　看戏

谈《除三害》

急锣紧鼓声中，幕里大叫一声："好酒！"一个神态豪迈、气宇轩昂的豪杰跌跌撞撞地大踏步出台，袍袖一挥，四句西皮散板，只听见"醉里不知天地窄，任教两眼笑英雄"，台下彩声春雷轰动。啊哈，真乃绝妙好辞、绝妙好戏也！

《除三害》这出戏从头至尾充满了英雄气概。当裘盛戎去的周处念到"凭俺膂力任潇洒，哪管荆棘道路差"时，我们眼前立时显现了一个怀才不遇、落魄放荡的豪杰形象。周处不是《江州城》里的李逵，两个都是恃强横行、落拓不羁的好汉子，但周处身上没有李逵那副泼皮无赖的气息；周处也不是《醉打山门》的鲁智深，两个都是有好酒就大喝、遇见不顺眼之事放手便打的人，但周处不像鲁智深那样"赤条条来去无牵挂"，他上场道白中说："无奈半生落魄，一事无成。"这正表明了他是满腔热血，很想有所作为的。他没有李逵的娇媚可喜，没有鲁智深的潇洒自如，但自有他的慷慨跌宕、悲愤侠烈之处。

周处手里拿了一把大扇子，扇子之大，强调了他的霸道！然而也就是这把扇子，在这个英雄人物身上多了一层书卷气。要知周处改过之后，从吴中才子陆机、陆云学，折节读书，后来在东吴任东观左丞，归晋后任御史中丞，既是学者，又是好官和名将，那么在他少年任侠时，即使放浪，也总带着一点儒雅。在裴盛戎所饰的这个角色身上，我们正看到了这种豪情胜慨之中的摇曳风致。我想，这角色之所以不同于李逵、鲁智深，也不同于张飞、薛刚，主要就在于此。周处是更加理智、更加内省的，也正因此，他能强烈地为自己的过失而感到惭愧，而发奋改过。

裴盛戎另一出名作是《将相和》，老将廉颇和周处的性格当然有很大的不同，但一知过失立即自愧无地，立即采取正确的行动，其勇敢之处，光明之处，可说并无二致。然而我觉得这两人的悔悟仍旧是有所不同的。廉颇主要是出于爱国心，出于对蔺相如的感佩，情感的成分较重。周处的悔悟却是由于严肃的沉重的自责，更多理性的思维。至于《丁甲山》中的李逵，那更加单纯了，他知道冤枉了宋江，立即负荆请罪，对于他，那是毫不困难、自然不过的事。用新的语言来说，他并没经过什么内心的斗争。

《除三害》是旧戏《应天球》中的一部分，我在舞台上看到，这还是第一次。据说在富连成科班，这是教学生的功课之一，富连成出身的生角与净角是没有不会的。可是因为过去卖座不佳，极少点演。然而，这是多精彩的戏啊。王浚与周处对唱那一场，两人身段之美、唱词之紧凑，实在是京剧中第一流的佳作。上次在长城公司拍的纪录片中看到袁世海和李和曾合演此戏，觉得十分精彩，现在在舞台上再看到谭富英和裴盛戎合演，真觉更胜于彼。

《除三害》的主题思想是知过必改，为民除害。杀虎斩蛟并不稀奇，难得的是把自己从坏人变为好人，除掉这一害是最高贵、最勇敢的行为。在欧美的戏剧中，我们最常见的英勇行为是打败敌人、为父报仇、为保护某某小姐的荣誉而战斗等。如果主角犯了罪，总是让他受到剧烈的痛苦而遭到惩罚，很少把改过作为一种英勇的行动来加以赞扬。例如在《马克白斯》中，主角内心苦痛、受到难堪的煎熬，然后是死亡。当然这些也是伟大的戏剧，但总似乎不及《除三害》这样积极、乐观而明朗。

在袁、李合演的《除三害》中，李和曾饰的是老人时吉，这次谭富英饰的则是太守王浚。谭裘这次演出比较完备，从周处砸窑演到王浚唱"周处今日如梦醒，定能改过做好人"而完结，把后来周处杀虎、斩蛟以及和太守相认的几场戏删去。我想后面这些戏本来有点多余，周处既然悔悟，基本的戏剧冲突已经解决，杀虎斩蛟等等是想当然的事。

在袁李和中国戏曲研究院共同整理的《除三害》剧本中，有一个张氏，她因丈夫儿子双双死亡、饥寒交迫而图自尽，周处把她救了，赠以银两。后来众窑户告到太守那里时，张氏替周处辩白，王浚才知周处性格中也有可取的地方，才化装为老人而去说辩。谭裘的演出把张氏改为一个被财主追债的老汉。在原剧本那样救张氏是任何善良的人都可以救的，但救这欠债老汉，却显出了大英雄大豪杰的本色。借据撕去，银子拿来，狗腿骂走，真乃痛快淋漓也，比《打渔杀家》中的打走教师爷尤为干净爽快。（不过这样一改，王浚何以知道周处的义侠心肠，似乎没有交代。我想，王浚坐堂这个场子或许可以暗写，谭富英幕后一句西皮倒板就可带过，他出场时再唱几句交代一下，叹息民生疾苦，以谭唱工之佳，必受欢迎。当周处救老汉时，王浚可以旁观，暗暗点头，或稍加旁白。当然，这门外之见，未必是对的。）

谭富英这一次演出，唱来潇洒自如之至，要放就放，要收就收，真如行云流水，毫无碍滞。他向来以唱工及靠把见长，做工平平，但这次去王浚，和裘盛戎扣得甚紧，表演艺术比过去又迈进了一大步。裘盛戎嗓音沉厚，工架至美，出场时的苍凉粗豪，救老汉时的明快慷慨，以及最后又惊又怒、既悔且恨的心情，在唱工和身段中都表演了出来。但两人的表演艺术之中，自始至终保持着一份节制与含蓄，在艺术，这是宗匠的身份，在角色，这是名士风流而不是庸官俗吏，这是英雄本色而不是土豪恶霸。

1956 年 6 月 23 日

谈《庆顶珠》

在京戏所有的剧目中,《庆顶珠》是极精彩者之一,向来有极高的评价,这个戏据说编于清朝嘉庆年间,离现在已有二百年。这次我们在舞台上所看到的谭富英与罗蕙兰的演出,虽然比之旧本已有不少更动,但骨干仍是相同的。

这戏原来叫《庆顶珠》。庆顶珠是一颗珍珠,是花荣之子花逢春给萧恩之女萧桂英下的聘礼。在全本《庆顶珠》中,花逢春等都要出场。京戏过去发展的主要趋势是化繁为约,取精择英,这出戏到后来只演"打渔"和"杀家"这最精彩的两场,就称为《打渔杀家》。这次演出,又将"杀家"一场戏略去,所以再回复原名,称为《庆顶珠》。

这个戏的编剧编得很好。欧阳予倩先生去年在《戏剧报》上发表一篇谈京戏的文章,论到京剧的佳作,首先举出的就是它。这戏根据的是《昊天关》小说(从这部小说中衍化出来的还有《白水滩》《通天犀》《艳阳楼》等),描写水浒众英雄受到招安后死的死,隐的隐,一败涂地,老英雄萧恩隐居江湖,意气萧索,可是土豪恶霸还是放不过他，一逼再逼，使他不得不起来反抗。

主要的好处，当然是描写了当时恶绅横行，与官府勾结，欺压良民的事实。在京戏中，恶霸和赃官是很多的，并不足奇，这个戏却着重描写萧恩的心理，一步步地高扬，终于如火山般爆发出来。就艺术性而说，它远比许多类似的剧目要高得多。比之其他"水浒戏"，也更加深沉和悲壮。

萧恩父女的出场形象极美，一个白发苍苍的老人，一个如花的红颜少女，萧桂英两句唱词描写出了江边的美丽景色："江水照得两眼花，青山绿水难描画。"再两句描写了父女两人的打鱼生涯。然后我们看到两人在船中划桨，到江心打鱼。谭富英和罗蕙兰在台上持桨绕场子走，是象征划船。以前我曾看到几次演出，萧恩和桂英之间的距离有时长有时短，在转弯时尤其脱节，这岂不是那艘船忽然伸长忽然缩短了吗？据说余叔岩对这一点特别讲究，绝不含糊。谭富英家学渊源，也受过余叔岩的指点，单是这个细节，就演得出色当行。

这时的萧恩意兴十分消沉。轰轰烈烈的起义是失败了，老兄弟们已大都凋零，他穷愁潦倒，只好以酒解闷。由于年老力衰，看来打鱼的生涯也快不能做了，这时候忽然遇到了一个新知（倪荣），一个旧交（李俊）。戏里用这两个人很巧妙很简洁地描绘出了萧恩当年的豪情胜概。倪荣一上来就要试试他的臂力，但给老英雄轻描淡写地抓住了动弹不得。三人船头小饮，骂走狗腿，小小重温了一下昔日大块吃肉、大碗饮酒、杀奸除恶的盛事。后来桂英问起这二位叔父是甚等样人，萧恩四句西皮摇板："他本江湖二豪侠，李俊倪荣就是他。蟒袍玉带不愿挂，弟兄们双双走天涯。"这一段唱白悲凉至极，既唱出了这两人的豪侠情怀，也隐括着过去宋江等受招安而被杀害的血泪事迹。

据说从前的萧恩是由净角去的，到谭富英的祖父谭鑫培，才改为

8

由生角扮演。净角画了浓重的脸谱，要在脸上表现萧恩这样复杂的心情，确是比较不容易，甚至不大可能。我们看谭富英初出场时眼睛半闭，精神颓唐，到丁郎儿来讨鱼税时，他先善言相求。等到教师爷来武力催讨，才激恼了英雄，一场开打，但他还是希望善罢，所以到官府去首首。直到被责打四十大板，还要逼他去丁府赔罪，这才忍无可忍，横刀而起。这中间谭富英表现得层次井然，把一位衰迈而力求妥协的老人心情，曲曲折折地传达了出来。

这晚所看到尤其精彩的是开打与过江两场戏。

教师爷见萧恩软硬不吃，就说要打。萧恩道："老汉幼年之间，听说打架，犹如小孩子过新年穿新鞋的一般，如今嘛，老了，打不动了。"曾有人说萧恩就是梁山泊中的阮小五，不管是与不是，他少年时一定豪气干云，那是不用说的。谭富英这几句话回忆当年，还是一股子的劲道。把龚自珍那两句诗"吟到恩仇心事涌，江湖侠骨恐无多"来比拟萧恩那时的心情，确是十分恰当。但不仅如此，这几句话中还包括着老英雄的自负、瞧不起教师爷、恬适不愿生事的种种矛盾复杂的心情。

开打是"武戏文唱"，三招两式，就把教师爷打得跪在地下磕头。那一段"摇板"："江湖上叫萧恩不才是我，大战场，小战场，会过许多。我本是出山虎独自一个，尔好比看家犬一群一窝，你本是奴下奴，敢来欺我？"酣畅淋漓，辞句意境之佳，直是京戏中罕有的杰构。我们想象得到，当年萧恩快马钢刀，在大小战阵中会过多少英雄好汉，这时候虽然落魄，但哪里把你这种狗腿子放在眼里。"奴下奴"三字，可与《大名府》中石秀骂梁中书"你这与奴才做奴才的奴才"那句名骂交相辉映。

到萧恩被官府责打之后，谭富英的表演就从苍凉转为悲壮。讲

9

到"杀"时四下张望，严闭门户，足见当时豪绅势力之大。桂英舍不得家中用具，既表示了小儿女的柔肠，也显出萧恩的心境是怎样的无可奈何。但他既决定了去杀人，立即十分沉着冷静，当年的英雄气概全部重现出来。船到江心，桂英忽然害怕了，萧恩这样宝爱着这个女儿，就答应送她回去，但女儿又舍不得爹爹，父女两人抱头一哭，还是毅然一齐去了。这时观众禁不住热泪盈眶，心想他们不去杀人报仇，又有哪一条路好走？

这个戏是我国旧戏中少有的悲剧（一般总是团圆胜利结束），秦腔演这戏后来是萧恩力战而死，有的还演桂英投江。这次演出不包括"杀家"，其实演到船至江心，高潮已到，"杀家"只是交代而已，除了萧恩与教师爷打一套"锁喉"（单刀对枪）之外，并无特异精彩之处。我觉得演至船到江心，戛然而止，让观众多有一些想象的余地，或许比演明"杀家"更加好些，也多一点悲剧的气氛。因为杀死丁府一家之后，观众看到的是萧恩的胜利。现在这样结束，观众会想到，这样一个老人一个幼女，萧恩纵然英雄，只怕也很危险。父女两人抱头而哭，悲剧因素就深伏在内。这时江上月少星多，两人决死一拼。至此一唱三叹，令人千载之下，犹有余思。虽然这不如杀尽坏蛋那么大快人心，但恐怕是更加现实主义的处理，梁山泊震动天下的大举起义都烟消灰灭了，萧恩这样孤零零的反抗注定是要失败的。

虽然知道失败，但仍旧要反抗，那就是英雄傲骨，那就是一个正直的人在那样的环境中不得不走的道路。

1956 年 6 月 23 日

10

谈《姚期》

　　铫期是东汉光武帝的开国大将，大概因为"铫"这个字有点古怪，所以京戏中一直误为姚期。既然流传已久，将错就错，我想也不必改了，我们称他为姚期吧。

　　姚期是光武手下的云台二十八将之一，光武起兵时拜为虎牙大将军，后来封安成侯。历史上称他貌威异，重信义，为魏郡太守时郡界清平，威信大行，在朝忧国爱主，犯颜敢谏。京戏中将他塑造为现在这样的人物，于历史倒是颇有根据的。脸谱上黑白分明的线条和图案，对比强烈，令人有一种肃然起敬的感觉。

　　王莽的施政对社会经济的发展有一定程度的进步意义，姚期又曾大破赤眉、铜马、青犊等农民起义军。这些历史上的功罪，在这里是不必细谈了。就戏中的情节而论，我们对姚期这样凛然的丈夫气概，确是不胜仰慕之情。

　　京戏中过去常将《草桥关》（从马武等到关接替，到姚期还朝、光武赐宴为止）及《上天台》（姚刚打死郭荣，姚期险些被斩，最后是光武安慰功臣一番）两出戏分开来唱。《上天台》的主角是须生刘秀，最后那长长一段二黄慢板，词句之长，在京戏中是颇为罕见的。这出戏的特色，恐怕也只在这一段"孤念你，孝三年，改三月"，须生大有施展唱功的机会吧。现在将《草桥关》与《上天台》合并而成为《姚期》，自始至终以净为主角，不但剧情紧凑，而且主题思想十分突出。把原来两出含有大量糟粕的老戏，组织成为一出意思鲜明的佳作，而原来唱腔与身段中的精华，不但全部保留，而且更加发展，这样的改动，改得很好了！

戏的主题思想是抨击封建时代帝皇的专制淫威。这个戏把这主题表现得非常完美。在历史上，如越王勾践、汉高祖、明太祖这种"兔死狗烹"的杀功臣能手极多极多，汉光武刘秀比较起来是帝皇中颇为优待功臣的。这戏的主角选中了宽容的刘秀，选得很好。在戏中，刘秀确是对姚期十分优待，也念念不忘他的功劳。而姚期更是洞悉专制君主的本质，在草桥关夫妻闲话时就说："自古道：伴君如伴虎，如羊伴虎眠，一朝龙颜怒，四体不周全！"所以回朝后十分的小心谨慎。但在这样的两个人之间，终于还是爆发了危机，还不是把责任直截地指向专制制度本身了吗？如果皇帝是汉高祖或明太祖，人们会想到，是因为这皇帝特别的残忍忌刻；如果臣子是薛丁山，人们会想到，他儿子薛刚杀死皇太子，犯法太大，实在是罪有应得；如果是《斩黄袍》中的郑子明，他当面大骂皇帝，人们会觉得也难怪皇帝发怒要斩。现在这戏的冲突，不是在于皇帝与臣子的特殊性格，相反的，一个是特别宽厚而另一个又是特别谨慎，专制制度的罪恶是愈加明显了。

京戏来自民间，其中有许多很具民主性的东西，即使它是在清朝时的北京发展起来，但对皇帝还是隐隐约约地有许多指责和不满。在《草桥关》与《上天台》这两出戏里，对皇帝作了歌功颂德，但也对皇帝表示了不满。在清朝的北京，要想痛痛快快地说皇帝的坏话是不可能的，只得在歌功颂德之中夹杂一点批评和讽刺。《姚期》不必像过去那么晦涩，是更加明朗地显示了它的反感。然而它仍是以极高的艺术手法来达成，绝不是由姚期指着刘秀的鼻子，淋漓尽致地大骂一场。有些电影和话剧为了表现主题，常在结尾时由主角指着反派教训一顿，在艺术上，这种办法可比《姚期》差得远了。

只有一点我以为值得商榷。在《上天台》原剧的一种本子里（这戏有几种本子），郭荣在自己府门外擅立三尺禁地，规定文官下轿，武将离鞍，这并无皇帝圣旨，姚刚经过时自然不肯买账，郭荣对他百般辱骂，姚刚性起，将他杀死。姚期虽恨儿子闯祸，但也对他同情，问道："儿是好汉？"姚刚说："儿是好汉！"姚期唱道："是好汉，随为父参王见驾，少刻间，见万岁，谁是谁非，儿要启奏皇家。"这样，理由完全是在姚期父子一面。照现在的处理，观众不免觉得姚刚实在太胡闹了一点。

裘盛戎今年春间在上海演唱，每贴《姚期》，必有数千人排队买票。他的《姚期》到底好在什么地方，引得万人倾倒呢？

原因有许多。身段美、唱腔美、脸谱美，确是使人看得心爽神怡，如饮醇醪。但最重要的，我想是因为这一切美都密切地结合着角色的感情。我们在收音机或唱片中听外国歌剧，或者听某些京剧名角的唱片或登台演唱，常常会遇上这样的情况：歌唱者在曲调最能显他才能的地方运腔高歌，听确是好听了，然而并不能感动人，观众感受到的，只是一种单纯的音乐之美。又或者我们看电影中的芭蕾舞，一位著名的舞蹈家圆熟而匀称地连打三十二个转身，或者京戏中武生连打十多个铁门槛，这很好看，然而我以为那常常是难能而不可贵，观众只感到了单纯的舞蹈之美。音乐与舞蹈中如果没有情感，那是没有生命的。

苏联的戏剧大师斯坦尼斯拉夫斯基曾批评芭蕾舞中某些动作纯粹为了动作之美而脱离现实，比如手指向左一指，舞蹈者为了好看，必须把手指先移到右边的位置，然后变一个圈向左边指去，美则美矣，但与角色的情绪和目的，有时简直是完全相反。京戏以前有京派和海派之分。京派大角讲究的是点到即止，要做得潇洒，唱得蕴藉，这在有些戏中是很好的，但要表现情感丰富强烈的角色，这种表演方式就不可取了。周信芳以前曾被人认为海派，然而他虽然嗓子不好，由于他深刻地体现了角色的内心活动，所以得到观众的热烈欢迎。裘盛戎的表演受了周信芳很多影响，他在《姚期》一剧中最大的成就，我以为就如周信芳在许多戏中那样，用极美的唱、极美的动作，来表演了角色丰富而深刻的感情和思想。

　　姚期是一个立了汗马功劳的老将，他熟悉世情，知道在朝伴君的危险。裘盛戎演出了他的威风和凝重。也演出了他的战战兢兢，在"龙恩重，愧无报，心意彷徨"这一句中，令人深深地感到这位老将内心的惶恐。刘秀问到了草桥关的事，姚期唱："数万儿郎边关镇，蛮夷不敢扰边庭，干戈宁靖民安顺，万民瞻仰我圣恩。"这四句唱得深自收敛，厚重端体。本来，皇帝问到了军功，正是他最最得意的时候，但他语气中毫无半点神采飞扬的色彩，把全部功劳归之于皇帝。后来郭妃赐酒，姚期叩谢时双足颤动，唱"老臣年迈如霜降"。我们心中不禁油然感到怜惜，这样大的功劳、这样大的年纪，然而是怀着多么紧张不安的心情啊。

　　等到听报儿子打死了国丈，一直在害怕着的祸事终于出现了，他先呆了半晌，低声说："回府！"见了姚刚，从伤心反而呆笑，帽上红缨乱顿作响，心情极度的激动，"小奴才做事真胆大，压死了国丈你犯王法"，这两句苍凉沉郁，后来一声："罢！"情感又立时转变过来，

14

既知要死，死则死耳，那正是充分的英雄气概。在法场上，唢呐声中两句："忠良无辜被刀残，我一家好惨然！"悲剧气氛到了顶点。人们心头是无比的沉重。

后来马武的讨赦，是适逢草桥兵败。刘秀所以肯赦，主要还是为了要用姚氏父子来替他保守江山，如果边关无事，马武再厉害，也讨不出这个"赦"字来吧。

在《上天台》戏中，刘秀赦免不斩后，姚期堕泪劝儿，姚刚唱道："爹爹落泪儿悲伤，点点珠泪洒胸膛，在朝为官有什么好，一点不到有损伤，倒不如修下辞王表，告职回乡享安康。"这一段能够点出主题，而且父子之情很是深厚，我想或可设法融化在《姚期》之中。

我连看了三次《姚期》，每一次有每一次的感动。画了这样的脸谱，脸上的表情本来是大受限制的，但裘盛戎还是显现了如此深的感情，真是京戏艺术中的一绝。

1956 年 7 月 12 日

谈《空城计》

京戏中三国戏特多，以诸葛亮为主角的也有好几出，这些戏中我最喜欢《空城计》。因为其余的戏大都把他演成一个"超人"。像《草船借箭》《七擒孟获》《收姜维》等戏，描写诸葛亮算无遗策、料事如神，有着近于不可思议的智慧，至于《借东风》《七星灯》等戏，更把他演得颇有"妖气"。但在《空城计》中，诸葛亮却是一个内心冲突极为强烈、有血有肉的人物。他不单单是智慧的化身，不像在许多戏中那样，只是一个抽象的"无所不知、无所不能"，只要指头一捏一算，就解决了问题，而是有苦恼、有困难、感情很是激动的一个崇高的心灵。

一出完整的《空城计》要包括《失街亭》与《斩马谡》在内，一头一尾这两场戏，使诸葛亮的性格更为深刻。这次谭富英唱这出戏，因为配角人手不足，没带《失街亭》，有几场连《斩马谡》也略去了，不过最重要的部分，也就是戏的高潮，却很精彩地演了出来。

这戏固然是描写诸葛亮的智谋，但我想此外还有许多意义。像马谡这个人物，就是一个很有代表性的典型。

16

在蜀国，马谡是一个出名的智谋之士。据《三国演义》中说，他曾贡献过两个很有价值的意见。第一是在诸葛亮出师平蛮的时候，马谡提出了"攻心为上"的口号，主张设法收服南蛮的人心，否则蜀兵纵然得胜，退兵后南蛮又反，诸葛亮认为这是一个很高明的战略思想。第二件功劳是献反间计，魏主曹叡果然中计，罢了善于用兵的司马懿。由于过去表现得不错，所以诸葛亮委了他守街亭的重责。

哪知马谡却是个理论不能与实践结合的教条主义者，他熟读兵书，却不能活用。守街亭时提出了韩信"置之死地而后生"的战术方针，结果"置之死地"确是置了，但不能"生"，终于把军事要地街亭失去。正如战国时的那个赵括，他也以熟读兵书、夸夸其谈而出名，结果长平一战，让白起坑杀赵兵四十万。这种言过其实，只知书本子上死知识的知识分子，马谡正是一个代表。京戏中虽把文人的马谡改为武将，但这人骄傲自负、泥古不化的性格，一样很突出地表现了出来。王平劝他不可在山顶扎营时，马谡道："某随丞相出兵多年，军国大事，尚问于我，汝奈何相阻也！"他过去的成功使他骄傲，使他失败。有时候，成功与胜利常能成为一个人的绊脚石，这一点在这戏里正可看得出来。

失街亭使诸葛亮六出祁山的第一次攻势完全挫败，不但使过去辛辛苦苦擒夏侯、斩崔谅、杀杨陵、取上邽、袭冀县、骂王朗、破曹真，所有的功绩全部付之流水，所夺获的军略要地全部放弃，还险遭全军覆没。诸葛亮在《出师表》中说："今天下三分，益州疲弊，此诚危急存亡之秋也。"他明知己方实力不足，伐魏没有把握，但又不得不伐，这种知其不可而为之的心情，本来已是十分悲壮的。好容易一路胜利，哪知在一个关键性的事件上重重遭到了挫折。诸葛亮听到失街亭的消息时，不仅仅是可惜一个军事要地的失守，还会想到王业前途的黯淡，想到实现先帝的遗志是愈来愈渺茫，那份心情实在是十分沉重的。演义中描写这时的情景说："孔明跌足长叹曰：'大事去矣，此吾之过也。'"这两句话中包括了无数失望、无数悲哀，以及深深的自责。日后"鞠躬尽瘁，死而后已"的先机，已伏于此。

《空城计》完全是不得已，如果弃城而走，两千五百名人马不但一定会被司马懿的二十五万大军赶上消灭，而且分散在各地的北伐军都变成没有了退路。这一役不只决定孔明是否能够脱身，简直就是决定着蜀汉的存亡。诸葛亮一生谨慎，这时候如果能谨慎，他还是要谨慎的，但局势逼得他不得不冒险。

先料到对手是个很有智计之人，才用这个计策。假若对手不是能干的司马懿，而是鲁莽的张郃，诸葛亮这个计策反而不能生效了。一个愈是殷勤地请他来喝酒谈心，保证没有埋伏没有兵，另一个愈是不肯上当。司马懿所以不敢进城，固然是知道诸葛亮从不弄险，但更重要的，还是怕了诸葛亮过去计谋百出的经历。

演这戏中的诸葛亮，我想除了演出他的潇洒自如之外，还要体会他当时十分沉痛的心情。他在城楼上抚琴而唱，自夸自赞（所谓"周文王访姜尚周室大振，俺诸葛怎比得前辈的先生"，说比不得，其实正是比得），那是做给司马懿看的，先生心中，真是心乱如麻，所以司马退兵之后，向来镇静的诸葛亮也不禁抹汗了。

到后来斩马谡，表现了诸葛亮心情的矛盾。在私交，马谡是好友，但按法律，却又不能不斩，结果终于是斩了。诸葛亮哭了一场，这不仅是哭好友之死，思念先帝当日知人之明，还在痛哭大业前途的不能乐观吧。

一个人真正的品格，在忧患时比在得意时更能显现出来。悲剧所以比喜剧更能描写英雄人物，我想这也是原因之一。在这出戏中，诸葛亮的情绪有许多变化，调遣兵马时的谨慎和忧虑（不免想到关、张、黄、马诸大将的凋落），闻报遭败时的痛心，面临劲敌时的镇静和智谋，以及不得不处决好友的伤感，把责任由自己来担负的光明磊落，使我们见到一个男子汉大丈夫怎样来面对危难，怎样来担当忧伤。

谭富英演这戏不仅唱腔又醇又亮，更重要的，我觉得是他体现了诸葛亮这角色的内心，使这戏有很大的深度。

1956 年 7 月 16 日

谈《盗御马》

在我国的小说与戏曲中，老英雄占着很重要的地位。但西洋文学作品中的英雄角色，几乎极少例外地由年轻人来担任，他们似乎不大了解（至少是不欣赏）老英雄那种成熟的豪迈之气。中国人说"酒越陈越香，姜愈老愈辣"，像黄忠、姚期、杨业、廉颇、力斩五将时的赵云这些老将，这种"烈士暮年"的雄心，在我国戏曲中得到极好的描绘和表现。一个人气质和人格的纯化，真正在品格上散放着芳香，那绝不是初生之犊的毛头小伙子所能企及的。在艺术上也是这样，必须读万卷书、行万里路之后（那是象征的说法，当然不一定真的读万卷书），才日臻圆熟自如的境界。

《盗御马》中的窦尔墩，年纪已不轻了，但他所显示的英雄气概，远过于二十几岁初出道闯江湖的后生小子。这份气概，我想也是要岁月和阅历来培养的吧。我们常说："威风凛凛，杀气腾腾。"但裴盛戎演窦尔墩，我们只见到他的"威风"，丝毫不感到"杀气"，演一大盗而如此醇、如此厚，在艺术上真是到了极高的境地。

法国的大仲马写一个盗帮的首领，描写他在盗窟中读拉丁文的

《恺撒战记》，以示他的书卷气。但比之窦尔墩自然高华的气度，这位侠盗又逊一筹。窦尔墩的性格直似真金护主，毫无雕饰，他的爽朗简直到了十分天真的地步。在那个环境里，这性格正构成了他的悲剧。

整个故事是这样的：

清朝康熙年间，绿林大豪黄三太为了巴结县官彭朋，叫手下人拿了他的金镖到处借银子，所有的英雄好汉都买他面子，如数付给，没有钱的，也出去抢劫。窦尔墩见他强横，心中不服，约定在李家店比武。窦尔墩武艺高强，一对虎头钩出神入化，黄三太不敌，偷放暗器得胜。窦尔墩就此离开河间，到连环套去做寨主。这天听说太尉梁九公奉旨行猎，皇帝赐有一匹御马，他就施展身手去盗了来，因为黄三太曾夸过口，朝中少了一草一木，唯他是问。窦尔墩盗马是想报前仇。

盗马之后，接下去是《连环套》。这时黄三太已经死了，他的儿子黄天霸仍旧在为官府做鹰犬，手段比父亲更加狠辣。他到连环套来拜会窦尔墩，两家约定比武。黄天霸有一个副手，叫作朱光祖，此人诡计多端，知道黄天霸打不过窦尔墩，夜里偷进寨去，把窦尔墩的兵器双钩偷了出去。次日窦尔墩发现兵器失踪，又经朱光祖劝了一番，就跟黄天霸领罪去了。

看了盗马这出戏，有一位朋友觉得窦尔墩的嫁祸，态度不够光明磊落，似非大丈夫行径，我也颇有同感。原剧中窦尔墩说："这老儿反复无常，适才喽啰报道……失去御马，必命那三太寻找。这连环套甚是凶险，一时焉能得到？三太寻不着御马，必然将他斩首，某家的冤仇，就得报了。"假如这几句道白这样改："这老儿反复无常。现下那三太不知落在何方，某家要想报仇，见他不着，也是枉然。适才喽啰报道……失去御马，必命那三太寻找。他寻上山来，某家和他比武较量。谅那三太岂是窦某敌手。打败了那老匹夫，教天下英雄大笑一

21

场。某家的冤仇，就得报了。"如果说的是这一类的话，观众对窦尔墩的英雄襟怀，或许会更加钦佩些。

《连环套》这戏编得很是紧凑，黄天霸拜山与窦尔墩一场争辩，气氛之紧张，在京戏中是不多见的。不过这出戏对人物的塑造很是模糊，黄天霸见御马而拜，固然显示了他的奴才相，但有些地方又是十分英雄。窦尔墩在双钩被盗之后，突然懦弱，令人气沮。所以这戏近年来在内地是不大有人唱了（解放后我在北京听侯喜瑞和孙毓堃两位前辈唱过，但近年来在内地的戏院广告上不再见到这戏码）。我想，裘盛戎把《草桥关》与《上天台》合并而成《姚期》，并演得如此精彩，如把《盗御马》与《连环套》合成一出《窦尔墩》，一定也会十分精彩的。同《姚期》一样，这戏自始至终以窦尔墩为主角，描写他爽朗豪侠的性格，同时刻画黄天霸出卖绿林同道、卖友求荣的无耻，朱光祖背叛师友（他师父及他自己本来都是绿林好汉）、暗施诡计的可恨。窦尔墩第一次受了黄三太的暗算，由于他的豪爽，第二次又受黄天霸的暗算，这是一个很好的性格悲剧的材料。故事本身已经把主题显示了出来。只要把《连环套》中某些对白和唱词加以修改，主从之分变换一下，原剧紧张的气氛还是可以保存，而成为一出很有意义的戏。事实上，《盗御马》的某些词句也已有更改，如窦尔墩描述自己的"坐地分赃"等句子已改为"除暴安良"。

裘盛戎的本工是铜锤，然而架子花脸的戏竟也演得如此工架稳练，神态威严。《盗御马》这戏虽然不长，但唱腔中有西皮有二黄，身段中有坐寨有趟马，很多表演机会，裘盛戎演得可说无一不好。那一段"我借同众贤弟叙一叙衷肠"，后来转快板，结尾一顿，袖子一甩，真是令人血脉沸腾，心神俱醉。

这戏最后本来还有一段：梁九公闻报御马被盗，把彭朋训了一顿，气冲冲地入内。彭朋转身骂军官，军官骂小兵，依次进去。最后四名小兵无可奈何，叹一口气，垂头丧气而入。这种表演方式在京剧中常可见到（如《法门寺》），对旧官场的讽刺，可说入木三分。这次因为人手不足，所以暂时省略了。

1956 年 7 月 14 日

"英名盖世三岔口，杰作惊天十字坡"

　　"英名盖世三岔口，杰作惊天十字坡"，这是田汉送给盖叫天的一副对联。这副对联中嵌着盖叫天的本名（他真名字叫作张英杰）和艺名，对仗工整，举出了他的两出拿手好戏，而且很有英雄气概，所以盖叫天很是得意。这些年他上台唱戏，舞台两侧一定挂这副对联，他在杭州造的生圹，坟前石牌坊上也刻了这十四个字，横额则是"学到老"三个大字。

　　这次中国民间艺术团在香港演出的京戏中，也有《三岔口》与《十字坡》这两个剧目。这两出戏在京剧中本来地位很低，属于"开锣戏"（即帽儿戏）一类。从前听京戏的以富贵中人及有闲者为多，他们讲究气派，很迟很迟才上戏院，只看最后一两出好戏，越是差的戏码，排得愈前，直到盖叫天把这两出戏唱红，才把它们作为大轴（排在最重要的地位）。所以谈到《三岔口》与《十字坡》，不能不提目下全国第一的武生盖叫天。

　　《三岔口》的故事是说北宋时杨延昭手下的大将焦赞得罪了奸臣，发配沙门岛，杨延昭派另一个大将任棠惠暗中保护。两人住在三岔口

24

的一家客店中，店主刘利华夫妇仰慕焦赞，以为任棠惠是奸臣派来行刺焦赞的，于是黑夜中摸进任棠惠的店房，两人展开了一场惊心动魄的打斗，直到焦赞循声赶来，双方相见，这才消除误会。

这故事不知出于何典，北宋杨家将的小说中有焦赞杀人闯祸的故事，但不见有任棠惠和刘利华，除了《三岔口》之外，其他关于杨家将的戏如《穆柯寨》《辕门斩子》《洪羊洞》《杨排风》《挡马》等戏中也不见有这两个人物。但单是《三岔口》一出戏，也足以使这两位英雄活在许许多多人的心里。现在全世界知道刘利华的人，只怕比知道杨六郎的人还多呢。

最初这戏的主角是武丑刘利华，到盖叫天饰演任棠惠，主角变为武生。后来李少春与全国第一武丑叶盛章合演，又变为两人并重。我们看这次演出，饰任棠惠的谭元寿和饰刘利华的翟韵奎是无分轻重的，当是承袭着李少春和叶盛章的先例。

与从前的演出相比较，这戏已有了一些改动，最重要的是把刘利华从坏人改为好人。原来戏中刘利华是开黑店的强盗，最后被任棠惠一刀杀死，1951年张云溪、张春华出国演出，才改成目前这个样子。刘利华在小说或其他剧目中都不再现，观众对这人是好是坏本来没有成见，单在《三岔口》中看来，一路见他鬼头鬼脑的又滑稽又有趣，完全是一派喜剧的作风。演到一半，观众对这小丑已很是喜爱了，最后给人一刀杀死，未免感到可惜，而且也大大破坏了喜剧的风格。在一般喜剧中，坏蛋总不过吃点苦头，受点惩罚，不必杀之而后快，何况刘利华在戏里也没做什么坏事。改成现在这样，虽然与"打店"的情节越来越像，但就戏的本身来说，却是更为完美的。1953年我在上海看盖叫天唱《一箭仇》，前面一出《三岔口》由他的儿子小盖叫天饰任棠惠，情节已改成与现在的一样，可见盖老先生也是赞同这样改的。

这次因为来港的京剧演员人数不多,头上焦赞起解一段略去了,刘利华之妻的武旦戏也没有演出。起解一段的有趣之处在于焦赞的个性,他把自己的手铐脱下来,蛮横地套在解差手上,使观众看得很是痛快。《打店》的戏中所以有武松脱铐的美妙身段而《三岔口》中焦赞不需脱铐,原因就在于此。

从清朝以来,武戏即不被注意,人们重视的是"秀才举人中状元,保定我主万万年"那一套。而在武戏中,长靠又比短打地位高。我想这与封建统治是有密切关系的。长靠武生饰演的是大将,这是皇帝得力的助手;短打武生却除了黄天霸之类官府爪牙之外,就是草莽群豪。武松、石秀、十一郎等等都是对朝廷不大恭敬、喜欢犯上作乱的人物。士大夫自然不大喜欢他们。

《三岔口》经盖叫天一演而成大轴,再经李少春、叶盛章双璧一演而南北皆赏,等到张云溪、张春华出国献演,欧美文化艺术界的人士可说无人不知、无人不赞了。这戏在国外所以得到这样大的好评,一半固然是由于戏剧本身的组织、京剧的魅力、演员的技能,另一半却恐怕由于它主要是一个哑剧。外国观众不懂中国人的语言和唱词,但《三岔口》中每一个动作他们却都能了解。由于了解,对这戏的精彩之处就愈能欣赏。

"哑剧的每一个动作使观众都能了解",这句话说说容易,做起来却十分艰难。在西欧,罗马时代就已有哑剧,目前欧洲的戏院中偶尔也有一些哑剧表演,然而普通只是极短的一段,引不起多少人的兴趣。默片电影时代哑剧的表演艺术曾大为兴盛,等到发明了有声电影,这种表演又衰落了。但即使是默片之中吧,也不得不借助于常常出现的字幕来加以说明。欧洲与印度的有些批评家把《三岔口》中的演技与卓别林相比，因为卓别林正是演哑剧的大师。

目前欧美戏剧中哑剧动作用得最多的是在芭蕾舞之中。因为芭蕾舞的舞蹈者都不说话，舞蹈动作又很抽象，只好用哑剧手势来叙述故事和表达感情。自从十八世纪初叶以来，芭蕾舞承袭了意大利谐剧的手法，哑剧就成为舞蹈中很重要的一部分。过去，看芭蕾舞的只有少数的王公贵族和鉴赏家，他们都懂得舞蹈，对舞剧中的特种姿势都明白是什么意义。但现在看芭蕾舞的人社会面越来越广，不可能每个人都是专家，许多人就不知道这些舞蹈家们比来划去的在干什么。英国一位著名的女舞蹈家菲丽雪戴·格莱说过一个故事，说她丈夫有一次去看《睡美人》，见王后对着王子，在自己耳后擦了几下，这意思本来是说：他为什么不结婚？他应该在这些青年女子中挑一个来做新娘。这位先生大声问人："王后是不是问她儿子有没有洗干净脸？有没有在耳朵后面洗一下？"这个问题引起了许多内行者的哄笑。这表明，芭蕾舞是多么难懂呀！虽然它每一下手势都有理由，也合于逻辑，但事先不好好学一番，是不能懂的。比如说，双手交叉在头上（象征王冠）是表示国王或王后，如只举上一只手，那就是表示王子或公主。说起来不无有理，然而谁想得到呢？

但看《三岔口》，你完全不需要这种专门的恼人的知识，即使是六七岁的孩子，也知道任棠惠和刘利华两人在干什么。

芭蕾舞中的哑剧是根据法文的文法来结构的，这更令人难懂。比如《天鹅湖》第二幕中，王子做手势道："你——飞——不要。"天鹅做手势道："我——你——怕。"其实一个是说：你不要飞走。另一个答道：我怕你。在《三岔口》中，刘利华在自己肩头上方一拿，在颈中一斩，再摇摇手，不论是哪一国人，都知这表示怕任棠惠一刀将他砍死。

哑剧虽是一种艺术，但在一般场合中表现起来总令人感到不合理。难道他们是哑巴吗？干吗不说话？在《三岔口》与《打店》中，所设想的情况却真是再好也没有了。对打的双方都是在黑暗之中，只要发出一点点声音，立刻就是杀身之祸。在这种环境之中，演出哑剧是最最合理的。而除了中国这种传统戏曲形式之外，在外国的话剧或电影中处理这场面也是不可能的，因为京戏的观众虽然看到一个光亮异常的舞台，却能设想这是伸手不见五指的黑夜，在西方的舞台剧中要表现这情况，势必要关掉灯光，那么观众要知道台上在干什么，只好像任刘两人一般，自己也上台去瞎摸一场了。

两出戏中摸黑打斗之激烈，不必多说。京戏短打武技如"滚毛""劈叉""打飞脚""跌筋""乌龙绞柱"等精彩动作，在这两个戏里也应有尽有。这次看谭元寿与翟韵奎、黄元庆等的演出，虽然技术还不及盖叫天、李少春、叶盛章诸先辈，但动作紧凑火炽，看来也已极为过瘾。盖叫天当年与祁彩芬合作演《打店》，从店房中一路打到屋顶，盖叫天一块彩瓦丢下来，刚在祁的头顶碰得粉碎，这手绝活，连他亲生儿子也还没学到。黄、谭、翟诸位均在英年，假以时日，也未始不能直追前贤。

外国戏剧批评家们对《三岔口》中各种动作目的性之明确，一致赞扬。所谓目的性明确，那就是说每一招每一式都有具体的作用，一刀挥来，目的是要砍死对方，一脚踢去，目的是踢去对方的兵器。再拿芭蕾舞来相比，舞蹈中有许多旋转、姿势、高跃等等，美当然很美，但到底有什么意思，实在难说（乌兰诺娃等苏联舞蹈艺术家所做的重大改革之一，就在使舞蹈动作具有意义，这正是我国京剧舞蹈所已做到了的）。当然京剧中也有为武功而武功的东西，但比较上数量是很少的。

从前演《打店》的时候，台口放一张椅子，椅上搁一块牌子，上书"十字坡"三字。其实这块牌子是多余的，武松口中念一句"来到十字坡前"不就完了吗？一般"水浒戏"与原作都很接近，不知怎的，这戏所演的与《水浒》书中所写的大不相同。我想，大概这戏的重要作用之一，是要显一显武旦的功夫。如果像《水浒传》中所写，孙二娘一下子就被武松拿住，压在身下，那是什么功夫也没显到，施耐庵笔下的孙二娘，令人感到一股阴森森的狠劲，与母大虫顾大嫂的横蛮、一丈青扈三娘的英武，都各不同。她是存心要害死武松，而武松是明知而不理，装模作样。《水浒·十字坡》一段书自是才子之笔，那时武松刚痛快淋漓地报了杀兄之仇，见到孙二娘这家黑店，故意风言风语地来撩拨她。读书的人个个知道武松的襟怀，但如果照样在舞台上表演，只怕人人会觉得武松是一个市井无赖吧。这出京戏完全不依照书中的情节，然而武二与孙二娘的个性神情，却又与书中人物一模一样。改编者的大胆，直可与他的才能相媲美。

《三岔口》的刘利华是武丑（原来他面目画得狰狞可怖，现在已改为俊扮，连鼻梁上的一块小白粉也取消了，其实，保留这块白粉，恐怕也不致损害刘利华的性格)，《十字坡》的孙二娘则是武旦，讲到打斗之狠，有时武旦更胜武丑。这戏中黄元庆一刀掷下，寒光一闪，从孙二娘脖子边掠过，直插在台上，颇有盖叫天当年那一股劲道。

1956 年 7 月 3 日

谈《狮子楼》

　　《狮子楼》是出很短的武戏，是讲武松为兄长报仇，到狮子楼上杀了西门庆的故事。在《水浒传》中，武松杀嫂杀西门庆，用人头来祭武大郎，令人看得热血沸腾，大感痛快。所以有这种感觉，因为在书里，我们已详细地看到西门庆、王婆、潘金莲三人是如何残酷地害死了忠厚懦弱的武大，又看到武松的兄弟之情是如何的诚挚恳笃。读者们的感情早已被培养起来，到了杀西门庆这个高潮时，自然而然地会感到紧张，会觉得西门庆非杀不可。但单是抽出这一节来在京戏中表演，而要能激动观众的情绪，在戏剧的编写上确是有许多困难的。

　　杀西门庆一段文字在原书不过七八百字，要把它化成一个本身自成段落的独幕剧，颇有材料不足之感。在这个戏中，我们看到了我国京戏无名编剧家的才能。

　　首先要假定，观众不知道故事的前因后果，必须使观众明了武松这番行动的目的。在戏里，我们看到武松回家，发现哥哥已死，悲痛之中，见嫂嫂外穿孝服，里面却穿着红衣。在原作中并不是这样写的，因为施耐庵有充裕的篇幅来写潘金莲怎样洗去脂粉，拔去首饰钗环，脱去红裙绣袄，换上孝裙孝衫，假哭下楼。但京戏只用外白内红的衣饰，立刻鲜明而迅捷地表明内中必有奸情。事实上，潘金莲恐怕不会傻得在孝衣之中穿着红裳，但京戏用了这夸张手法，很简捷地表现了整个故事的关键所在。

西门庆在狮子楼包下了整层楼，不许别人上来喝酒，在书中并没有这一件事。但这一个小节，不是很明白地表现了西门庆卖弄财主身份、仗势欺人，在当地无法无天吗？

武松到官府告状，反被责打四十板，这在原书也是没有的，然而这件事，不也是很明白地表现了阳谷县官府受西门庆之贿、颠倒是非曲直的情况吗？

这出戏用三个小情节来举出了三个关键性的事实：潘金莲因奸情而害死丈夫，主谋的西门庆是当地的土豪，县官受贿而不肯主持正义。这三个小情节虽然都不是原作中所有，但却生动、正确而又简洁地包括了原作中所详细描写的全部背景事件，为武松杀西门庆准备了充分的理由。观众们会感到：这口气非出不可，西门庆非杀不可。于是大家怀着紧张的心情来看好戏的上演。在一般电影，培养这种气氛和感情只怕得用一小时的时间，但这出戏只用短短的几个场面就达成了，它高度集中和洗练的艺术手法，是值得注意的。

武松与西门庆的打斗，主要的中心是在一把刀上。武松手中有刀，西门庆没有。西门庆丢了一把酒壶过来，被武松一刀劈开，在激斗中，武松的刀被西门庆夺了过去，最后武松又将刀夺回，一刀将西门庆杀死。这场打斗是紧凑的性命相搏，时间没有《三岔口》或《打店》中《摸黑》那么长，但更加狠、更加猛。有人问：武松这样厉害，西门庆哪里是他的敌手？两人打得这么激烈，一把刀抢来抢去，只怕与原作中描写的形象不大符合吧？

武松有刀而西门庆无刀，《水浒》原书是这样写的。施耐庵所写的英雄个个性格不同。武松又英雄又精细，绝不像鲁智深或李逵那么鲁莽。《水浒》描写武松打虎，他手中拿着一根哨棒，作者把这哨棒提了许多次，写到打虎时，一哨棒下来，正在紧要关头，却打在树枝之上。哨棒折为两段，武松只得空手打虎。武松如果自恃勇力，不拿武器，那是莽夫行径；然而在危急之中，不得不徒手打死老虎，这愈显他的神威。在狮子楼上也是这样，武松力足杀虎，搏一西门庆何足道哉，但他偏要带一把"尖长柄短背厚刃薄的解腕刀"。在冲上楼时，又被西门庆一脚踢去刀子。带刀，是武二的精细，空手把西门庆打下楼，是武二的神威。金圣叹在批改《水浒》一书中有大批谬论，但他说武松杀虎用全力，杀嫂用全力，杀西门庆也用全力，正如狮子搏象用全力，搏兔也用全力。这个比喻我倒觉得不无道理。杀西门庆的地方是狮子街上、狮子桥边的狮子楼，作者或许是以较虎更具神威的狮子来比喻武松吧。

武松戏历史已很悠久，清代乾嘉年间《挑帘裁衣》（讲西门庆勾引潘金莲故事）一剧在北京曾大红特红，不过这不是京剧的二黄戏。讲到京戏中的武松，还是要数到盖叫天。田汉送他的一首诗中曾说，"鸳鸯楼头横刀立，不许人间有大虫"，把武松的威风气概、他嫉恶如仇的豪侠心肠，表现得极有气派。盖叫天演武松，不但演出了武松的神勇，也演出了他在每一种不同场合中的感情。比如说，武松见到老虎时是突然惊恐，见到西门庆时是满腔愤恨，见到孙二娘时是机警中带着俏皮，见到蒋门神时是轻视中带着警惕。如果一味勇猛蛮打，力大逞刚强，那就不是极尽丈夫之致、绝伦超群的武二郎了。

《狮子楼》这戏是表现武松的愤恨，这种愤恨，是比《鸳鸯楼》上杀张都监时、比《飞云浦》上脱铐杀解差时更为深刻的，那是一种眼中喷血的极度悲愤。我们看黄元庆所饰的这个角色双眉直竖、嘴角下弯，各种动作，都比《打店》中所演的远为火爆迅速。两出同为武松的短打戏，但因角色的感情不同，表演的节奏也就大有异致。单以武松的踢鸾带为例，在《打店》中是一种潇洒的得意之情，而在《狮子楼》，则在一踢之中含蕴着抑制不住的怒火。

1956 年 7 月 10 日

第二辑　观影

漫谈《大歌舞会》

比幻想更动人!

两个多月前,和几个朋友一起喝咖啡,想看电影,可是实在找不到一张对我们有吸引力的片子。于是我们幻想了:假使可以任我们自由选择的话,我们希望能看到什么表演。大家提的意见很多,可是一致同意是:四大名旦合演的《四五花洞》、匈牙利足球队对英国职业足球队的比赛、乌兰诺娃跳的芭蕾舞剧《天鹅湖》。这种幻想可真动人,但诗人艾青在描写乌兰诺娃的舞姿时说:"比梦更美,比幻想更动人。"

几乎每一本外国人写的苏联游记中都要谈到乌兰诺娃,众口一词的称誉使我的想望越来越热烈。但舞蹈是不能在书报或照片中体会得到的,澳洲小说家佛兰克·哈代在看了乌兰诺娃的表演后说:"那天晚上,观众为乌兰诺娃而疯狂了,大家拥上前去拍手欢呼,花束纷纷投到舞台上。但乌兰诺娃自己怎样呢?她是无法形容和描写的,你必须亲眼看到她。去年她在意大利舞蹈时,甚至西方国家的批评家都称她为全世界最伟大的女芭蕾舞蹈家。"

终于看到了

必须亲眼看到她！

前年冬天，在上海与北京的几位亲戚、同学在信中群起向我吹嘘，说他们看到了乌兰诺娃的舞蹈："真美，可惜你没有看见。"我回信表示并不稀罕："她只跳一两个芭蕾舞小品，那有什么稀奇，要看就看她的整场演出。"其实，我才稀罕呢，那些朋友们也知道我稀罕，事实上他们之中有几个也不见得有机会看到，不过是故意骗骗我气气我的。

终于，我在影片《大歌舞会》中看到了她跳的《罗密欧与朱丽叶》。

乌兰诺娃的少年时代

乌兰诺娃于1910年生于圣彼得堡。她爸爸是芭蕾舞蹈家，妈妈的舞蹈比爸爸更出名，而且是著名的芭蕾舞教师。她从小在艺术的氛围中成长，她在六岁时第一次看芭蕾舞表演，那是她妈妈在舞剧《胡桃夹子》中的彩排。她父母见女儿身材良好，动作优雅，对音乐的理解力很强，在她九岁时把她送到国立舞蹈学校学习。她妈妈就是该校初级班的教师，能亲自注意她的舞蹈和一般性教育。乌兰诺娃受的教育中包括对绘图和雕塑的欣赏，所以她小时候的动作中已显示了高雅的修养。

她妈妈在一个戏剧化的场面中突然发现了她的才能。V.B.勃莱沙夫斯基在《乌兰诺娃和苏联芭蕾舞的发展》一书中记载了一个有趣的插曲：她妈妈到国立歌舞剧院去看自己学校一批学生的毕业演出，在表演《符咒》一剧时，她注意到了高级班中的一个学生，这个学生的舞姿中有异乎寻常的表情，她深深地被吸引住了，沉醉在这女学生的表演之中。突然，她认出来这竟是自己十五岁的女儿。大约就在这时，乌兰诺娃升到由瓦加诺娃（苏联非常著名的芭蕾舞教师，她的典范教本《古典芭蕾舞基础原则》有英文译本）负责指导的一班里去，再学习了五年。她在 1928 年毕业，在毕业演出中跳的是《萧邦舞曲》。

创造与荣誉

二十六年来，乌兰诺娃的生活是一连串的劳动创造，一连串天才的艺术表演，一连串的荣誉。她演出的舞剧中最成功的有《睡美人》《天鹅湖》《琪瑞勒》《红罂粟花》《罗密欧与朱丽叶》《雷蒙达》《灰姑娘》等等，今年则新演出了《宝石花》。她曾四次获得斯大林奖金（其中一次是为了《罗密欧与朱丽叶》的演出），并得到俄罗斯共和国功勋演员和国家演员的称号，后来又升为全苏人民演员，得过劳动红旗勋章、荣誉勋章。在 1941 年德军攻打莫斯科最紧急的时候，她在莫斯科大剧院演出，在列宁格勒被围时她在列宁格勒演出，这种英勇的行为使她得到了两枚勋章，一枚是为了保卫列宁格勒，一枚是为了保卫莫斯科。去年，她得到了代表最高荣誉的列宁勋章。她是苏联最高苏维埃的代表。

为什么伟大？

乌兰诺娃的艺术不断地成长发展，她在舞蹈中坚持现实主义的原则，力求表现角色的个性和情绪，不怕打破一切僵化了的成法的束缚，关于这一点，她在《谈谈舞蹈》（日前曾在《大公园》刊载）一文中曾有很清楚的说明。这说来容易，做起来却是异乎寻常的困难，因为芭蕾舞历史悠久，一切传统根深蒂固。在十月革命前，彼得堡芭蕾舞剧院中观众的座位是固定的，父亲死了把座位传给儿子，如有一个座位空额就成为宫廷中勾心斗角争夺的对象，这些贵族对舞蹈的技术非常熟悉，谁的一个小动作不合规范，马上满堂倒彩。革命后这种情形当然没有了，但长期的传统究竟不易打破。乌兰诺娃创造性的改革使这艺术向前迈进了一大步。戏剧大师斯坦尼斯拉夫斯基在他的《演员的自我修养》第二卷中，要演员们学习芭蕾舞，但他明确指出，芭蕾舞中有许多哑剧动作非常不真实，那是为了美丽而美丽的。比方用手指右，必先伸向左方，绕一圈子再指右方，使得动作幅度宽广、线条柔和，虽然好看，然而是装腔作势而不现实的。斯坦尼斯拉夫斯基要演员们提防这一点。从前我内心还不十分佩服，以为舞蹈不是他的本行，他的意见未必一定正确。最近读了乌兰诺娃的几篇文章，才多了解了一点这两位大师的伟大之处。

苏联艺术界人士认为，在乌兰诺娃所创造的角色中，就情感的深度与力量，表现的精致与感人而言，朱丽叶是最最完美的。《大歌舞会》所以拍摄这个舞剧，我想原因也在于此。这舞剧在1940年初次演出，那时乌兰诺娃已走了长长的艺术道路，她在这角色中投入了她全部的修养与才能，朱丽叶是她以前演过的许多角色的综合，一方面是深刻复杂，一方面是温柔天真。批评家们说，她的舞蹈心理上的深度非常接近于莎士比亚的原作，有些地方简直超过这舞剧的作曲者大音乐家普洛可斐耶夫。

普洛可斐耶夫

　　莎士比亚笔下的《罗密欧与朱丽叶》，曾被许多音乐家作为创作的题材，比较著名的有柴可夫斯基和裴辽士的交响诗、果诺的歌剧（这歌剧中在朱丽叶的父母开跳舞会时奏的华尔兹真是好听），现在，普洛可斐耶夫的芭蕾舞曲也已有了不朽的地位。在这时候看《大歌舞会》是特别有意义的，因为再过几天（4月26日）便是莎士比亚诞生的三百九十周年，又再过几天（5月5日），是普洛可斐耶夫逝世一周年。对于香港的影迷，普洛可斐耶夫不是陌生的名字，看过迪士尼的卡通片《彩虹曲》的人，应该记得里面的《彼得与狼》，那就是他的作品。普洛可斐耶夫是大天才，八九岁时就写了一个歌剧，他的创造活动一直不停止，到临死之前几小时，还在修改他最后的一个芭蕾舞剧《宝石花》（这舞剧最近已由莫斯科大剧院演出，女主角是乌兰诺娃，男主角是在《大歌舞会》中跳《天鹅舞》第四幕中王子的普莱奥勃仁斯基）。他作品的范围很广，我最喜欢的是他诗意的第七交响曲。他的作品与当前人民的生活有密切联系，歌剧《战争与和平》、大合唱《保卫和平》等，都是对全世界的和平民主运动很有贡献的。苏联另一位大音乐家哈却都梁在去年发表的一篇纪念文章中，称普洛可斐耶夫为一个"音调的画家"，说他能用乐队来生动地描绘卓越的形象，当我们听到《大歌舞会》中的音乐时，觉得这实在不是过誉。

　　普洛可斐耶夫主要用一种缓慢的速度来描绘这幅音画，注重柔和而富于光彩的弦乐和木管乐器，音乐中的主题有七个之多，所以这舞曲是既温柔又复杂。乌兰诺娃非常深刻地表现了这幅音画，她的服装和姿势多么像意大利文艺复兴时代那些大画家绘画中的人物！

谁挂头牌？

莎士比亚这部作品名叫《罗密欧与朱丽叶》，罗密欧是挂头牌的，可是这部悲剧的最后一句却是"朱丽叶和她的罗密欧"，有几位批评家指出，这句话含有深意。因为起初朱丽叶只是个十四岁的少女，看到罗密欧时不胜敬慕，但后来她逐步发展成熟，性格的深度追上而超过了罗密欧。据说，乌兰诺娃在这舞剧中表现了朱丽叶这人物从成长到发展的过程。我们虽然没有眼福看到全剧，但很明显，影片里舞会中天真烂漫的朱丽叶与后来和爱人分别时温柔缠绵的朱丽叶是完全不同的。

关于这个舞剧，芭蕾舞的批评家们曾进行过很激烈的论战，有人批评其中缺少意大利的地方色彩、哑剧姿势占的比重太大等等，但最后是乌兰诺娃和演出人拉佛洛斯基（即《大歌舞会》中排演《天鹅湖》时，请乐队指挥俄罗斯共和国人民艺术家法耶尔奏那一段音乐的人，他曾自鸣得意地对鼓掌的人说："请不要鼓掌，这不是公演！"）的主张获得了胜利。他们表现了莎士比亚作品的精髓，这不仅仅是哀感顽艳的恋爱故事，而是两个世界的矛盾冲突：一个是正在死去的邪恶的中世纪旧世界，以老蒙太古和凯布莱等人为代表；另一个则是罗密欧和朱丽叶所代表的新世界，那是新生的人文主义的文艺复兴时期。

有趣的波罗丁

《大歌舞会》中有三个歌剧的片段。最长的一个是波罗丁的《伊戈尔王》，其中美丽的《波尔维茨舞曲》我以前已经谈过了，看过白雪国际溜冰团表演的人当会记得，在一个称为《波斯市场》的水上芭蕾舞中，就曾使用这音乐。波罗丁的父亲是俄国东部的一位王子，所以他的性格中东方的色彩也很浓厚。在俄国那些大音乐家中，波罗丁的个性恐怕是最随和可爱的。他永不拒绝别人帮忙的请求，以致许多时间都费在无谓的事务中。他是一位大化学家，他发明的检定有机体氮的存在与变形的方法，据说到现在还在使用。他家中永远睡满了陌生的客人与陌生的小猫。他的朋友大音乐家吕姆斯基－柯萨考夫在自传中很有趣地描写波罗丁，说他一天吃多少餐饭毫不在乎，朋友请他吃，他说："我今天已吃过饭，但既已养成了吃饭的习惯，也不妨再吃一次。"有时他整天出外，回家后静静坐下，太太问他今天在哪里吃饭，他才想起今天还没吃过东西。因为事务太忙，《伊戈尔王》拖延了很久很久没有完成，那首《波尔维茨舞曲》的总谱就始终懒着不写，吕姆斯基－柯萨考夫哀求和责骂都不发生效力，最后逼着他一起写总谱，为了节省时间，他们用铅笔而不用钢笔来写，写好后化学家的波罗丁在谱上涂一层液体胶质，使铅笔记号不致模糊，然后像晒衣服般挂在书房里等干。这首称为世界五大舞曲之一的美丽的歌，想不到竟是这样写成的。

在这歌剧中饰波尔维茨汗王的米海伊洛夫曾来过我国，在香港可以买到他唱的萧斯塔科维区的《森林之曲》。

"一些抒情的场面"

柴可夫斯基的歌剧《欧根·奥涅金》在影片中有诗人连斯基决斗前的一段独唱。柴可夫斯基是在写这歌剧的时候结婚的，这是他遗恨终生的一件事。他那时写信给他精神上的爱人梅克夫人说，他把写奥尼金的计划告诉少数朋友时，大家都很吃惊，然而后来都很热衷于这件事。这个歌剧的戏剧性不强，使用了很多俄国民间的曲调，柴可夫斯基不称之为"歌剧"而说是"一些抒情的场面"。这些抒情场面可真美啊！你如要去买唱片，那么泰基亚娜在写情书时的一段歌是最易买到的，这首歌用三种不同的调子来表示她的三种心情——爱的倾诉、儿童时代的回忆、疑惑。在影片中唱的歌也很有名，这虽是哀歌，但充满了对生命的热爱。连斯基的死不只是为了爱情，是象征旧社会对一个正直的人的迫害。普希金的命运和他所创造的人物竟如此巧合（为了爱情而决斗，终于被人害死），正表示他的诗歌有巨大的社会意义和现实性。

《你的小手冻得冰冷》

在影片里的歌剧《欧根·奥涅金》中唱诗人连斯基那段咏叹调的，是苏联今日第一位男高音柯斯洛夫斯基（有些人说，他是全世界男高音中的第三位，仅次于意大利的奇里和北欧的皮乔林）。连斯基一角尤其是柯斯洛夫斯基的拿手。我有《奥涅金》歌剧的唱片，连斯基就是他唱的，他在舞会中责备娥丽嘉专门和奥尼金跳华尔兹而不与他跳舞那一段歌唱，所表现的痛苦和妒忌，简直可以逼近卡鲁沙的《小丑》。上文所提到的那位澳洲小说家佛兰克·哈代在他的著作中说起一件有趣的事，他在苏联听到柯斯洛夫斯基唱连斯基，印象非常深刻，就买了一批他的唱片。回到澳洲后，他把其中一张《你的小手冻得冰冷》（歌剧《波希米亚人》中的名曲）交给墨尔本电台播放，然而电台拒绝播放，大概他们害怕所有苏联的东西。

一位朋友买唱片

最后一段歌剧《伊凡·苏沙宁》是俄国第一部具有深刻人民性和高度艺术技巧的歌剧。苏沙宁是十七世纪时俄国的农民，那时波兰的军队入侵，强迫他带路，他把他们带入森林之中，敌人发觉后把他杀死，但入侵的军队却因此而打了败仗。歌剧的作者是格林卡，他是俄罗斯音乐的奠基者，前几年这里放映过一部《陌上春回》，那就是他的传记片，片中描写了格林卡怎样从民间音乐的泉源中汲取材料和灵感，创作他那不朽的作品。在《大歌舞会》中唱苏沙宁的是苏联著名的低音歌手雷仁，他去年到英国演唱，受到极大欢迎，被英国人誉为夏里亚平以后的第一人。我有一位写时事评论文章的朋友，很喜欢苏联音乐，他对苏联的交响乐队和器乐家相当了解，但不大熟悉他们的声乐家，他要买些歌，可是不知道谁唱得好，于是去找了一本唱片目录来，看谁唱的唱片最多，就买他的，结果他选中的是雷仁。买来一听，果然不错。他后来又买到了雷仁的全套歌剧《伊戈尔王》，他唱的是波尔维茨汗王的角色。

现在我们要谈到那著名的《天鹅湖》了，那样的音乐、那样的舞蹈，真使人想到了心就会跳得更快。1950 年春天，我在上海的兰心戏院（现在改名为"上海艺术剧场"）曾看到它的演出，虽然舞蹈者人数比较少，但那是永远不会忘记的。

美丽的誓言

《天鹅湖》也是柴可夫斯基的作品。在此以前，一般人认为芭蕾舞曲是一种比较低级的音乐，在《天鹅湖》出来后，人们的观念才逐渐改变。这舞剧初次演出时因为编舞者的低能，遭到惨败，柴可夫斯基生性谦虚，以为是由于自己音乐写得不好，答应重写一个。（幸亏没有重写！）他在信札中把自己这篇作品骂得一钱不值，但在内心，始终对这部舞曲非常溺爱。他在日记中记着，1888年他访问捷克的布拉格，当地举行音乐会欢迎他，他看到节目中有他写的《天鹅湖》第二幕，非常高兴，这演奏使他体验到了"至高无上的幸福的一瞬间"。他逝世后，芭蕾舞大师法国人贝蒂巴和俄国人伊凡诺夫根据他的音乐另编舞剧，终于使它成为不朽的经典之作。现在全世界芭蕾舞团演出这舞剧时，都是根据于他们的设计。

《天鹅湖》的故事是一个传说，故事的关键是一句誓言：愿意为所爱的人牺牲自己的生命。美丽的少女奥黛特被魔术家变成了天鹅，只有在月光下才回复人形。出来打猎的王子爱上了奥黛特，在危难之中，王子发誓说，他愿意为她而牺牲生命，这句誓言打破了魔法，使他们永远快乐地生活在一起。多美丽的爱情，多美丽的誓言！大概你对你的爱人也曾这样说过吧。

年青一代中的第一人

这舞剧共分四幕，第二幕是最重要的，西欧一些比较小的芭蕾舞团常常只演第二幕。好像唱京戏《玉堂春》，普通只唱《苏三起解》和《三堂会审》这两段最精彩的戏就行了。《天鹅湖》的第二幕虽然最好，可是其余三幕也各有妙处，苏联演出时总是四幕都演的。《大歌舞会》中拍摄的是第二幕与第四幕中的各一小段。第二幕共分十个小段，影片中表演的是第五小段"大双人舞"，王子与奥黛特共舞，天鹅少女们围在周围。在这一场舞蹈中，奥黛特既要表现天鹅的形象，又要显示人的形象，你瞧她的手臂，轻飘飘的，多么像天鹅的翼。在情感上，她心中混合着对王子的爱恋和对魔术师的恐惧。这一场中最精彩的技术如腿的小敲动作与握手转身，在影片中都可以看到。饰奥黛特的普列谢斯卡是苏联年青一代舞蹈家中的第一人，赛琪·李法（影片《芭蕾舞演进史》中的男舞蹈家，他祖先是俄国人，现在是法国芭蕾舞的领导人）在他那部《俄罗斯芭蕾舞史》中，盛赞普列谢斯卡，说她优雅迷人、卓越绝伦，是前途极有希望的艺术家。饰王子的康德拉托夫曾来我国表演《猎人与小鸟》等舞蹈。

说来大大有名

第二幕的第六小段就是"四小天鹅之舞"，音乐活泼轻快，《大歌舞会》中虽然没有，但我们在《列宁在一九一八》与英国片《小舞娘》中都见到过。这场舞纤细明快，与上一场的情调完全不同，批评家说这安排非常合于戏剧原则，因为观众不能长期地处在同一情调之中，否则会感到单调而厌倦。

在第四幕中饰奥黛特的是谢明诺娃。此人在芭蕾舞蹈界大大有名，在乌兰诺娃成名之前，是苏联女舞蹈家中的第一人。现在她年纪比较大，身体也有点发胖了，只偶尔表演一下，她舞蹈的抒情性与深刻据说不及乌兰诺娃，然而解释比较通俗，所以喜欢她的人极多。饰王子的是普莱奥勃仁斯基，他最近名望越来越大，1949 年苏联为纪念普希金诞生一百五十周年而上演舞剧《青铜骑士》时，他饰剧中的男主角。

1954 年 4 月 23 日

《罗密欧与朱丽叶》的含义

苏联的芭蕾舞剧纪录片《罗密欧与朱丽叶》已连续映了十多天，已有许许多多人欣赏了乌兰诺娃抒情的富于诗意的舞蹈，倾听了普罗可斐耶夫动人的音乐，看了舞剧中热烈而巨大的场面。这个舞剧是苏联在1940年开始排演的，它在舞台上演出最热烈的时候，也正是纳粹军队入侵、战争进行得最惨烈的日子。为什么在那样的年月，苏联人民竟有这种"闲情逸致"呢？前天的报上登了一个消息，说本月13日，《罗密欧与朱丽叶》在北京舞台上演出，饰朱丽叶的是电影《白毛女》的女主角田华，演出十分成功，显然，这个戏剧之中，除了爱情之外，还有其他更有意义的东西在。虽然，爱情本身就是很重要的事，但这不仅仅是爱情。

统一与和平

这剧本是莎士比亚最早期的作品，那时英国新兴资产阶级与新贵族的势力正在日益巩固，英王政权把国家统一了起来，打击了封建割据的势力。这种政治形势很清楚地反映在这个戏里。罗密欧的蒙太古家族和朱丽叶的凯布莱家族，不是两个势力很大、然而互相敌对的封建家族吗？他们的不和与争吵，扰乱了维隆那市的平静。不论维隆那的最高统治者埃斯卡勒斯亲王，或者普通市民，都强烈反对这两大家族的浴血争斗。所以街上的人民一听到双方厮杀的声音，就奔跑着叫喊："拿棍子和刀枪来！打呀！打倒蒙太古和凯布莱家里的人！"在这剧本中，莎士比亚所拥护的是一种进步的思想，要求国家统一，消弭内部的争端。

同时，那时候也是一个十分残酷的时代，穷人遭到了极惨的剥削和压迫。莎士比亚借着罗密欧的口，诅咒了代表那个经济制度的黄金。罗密欧在买毒药时把黄金交给卖药人道："这儿是给你的黄金，比起你不伤害人的药粉，它才是更毒的药。它是一切罪恶的根源。"（后来在《雅典人泰蒙》一剧中，对黄金更是痛快淋漓地大肆抨击。）

思想和怀疑

由于对社会环境的不满，这个剧本中表现了对压迫与束缚的勇敢反抗，最突出的形象，是朱丽叶。

她最初出现的时候，只是一个顽皮的稚气的孩子，但她遇上了罗密欧之后，立刻，她开始运用了思想。"阳台的场景"是爱情倾诉的千古绝唱，在这一场之中，几乎没有什么事件的进展，然而两人谈得这么久，这么热烈。最初是朱丽叶一个人的独白，她知道罗密欧是对头蒙太古家族中的人，就说："蒙太古是什么呢？难道脸和肩膀、脚、胸膛和手都这样叫吗？难道再也没有别的姓名吗？名字算什么呢？我们叫作玫瑰的，如果不叫它玫瑰，闻着不也一样芳香吗？"初初一看，或许，我们只觉得她想法的新鲜。但这几句话我想还有更深一层的意义。

首先，朱丽叶开始运用了自己的思想，对传统的规定发生了怀疑，而怀疑是反抗的起点。她所怀疑的是姓名的权威性。在封建社会中，姓氏是一种极重要的统治工具，不论中外都是如此。我国在两晋六朝时特重门第，中世纪的欧洲也认为姓氏是神圣不可侵犯的东西。姓氏的继承和财产的继承之间有密切的联系。然而，朱丽叶开始怀疑的，却正是："蒙太古是什么呢？"她与罗密欧都认为，个人的幸福与自由远胜过家长的命令，这正是当时先进的人道主义思想。

勇敢的反抗

在这舞剧中，我们看到在沉入恋爱之后的朱丽叶，常常陷入了沉思之中。曾有人说，乌兰诺娃所跳的这个朱丽叶，欢乐太少，忧伤太多了。要知道，这个悲剧是发生在短短的几天之中，降临到这少女头上的是这么多的事件、这么多的不幸。她必须好好地思索，勇敢地决定。爱情中虽然有很多欢乐，可是她没有时间来尽情享受。

她最勇敢的行动是服药酒，她怀疑神父给她的是毒药，又害怕一个人躺在坟墓里，然而终于喝了。那时候，连一向帮她的乳母也劝她去嫁给巴里斯（在这点上，她比祝英台更加不幸些，因为她没有一个忠诚到底的银心）。她是孤零零地在反抗整个封建的世界。大家读了这个剧本，看看这个舞剧，都会觉得朱丽叶比罗密欧更加重要些，我想莎士比亚的原意或许也是如此。有人说，剧名是叫作《罗密欧与朱丽叶》，可是到最后结束时，莎士比亚却说"朱丽叶和她的罗密欧"。这或许只是一个偶然的句子，但从全剧看来，朱丽叶确是发展得比她

50

的情人更快，赶过头去了。

莫克修

在舞剧中，另一个动人的人物是莫克修，他的诙谐和欢乐、他的精神勃勃，使人难以忘记。科连轻快的舞步很生动地表现了这个角色。普希金曾说，除了男女主角之外，"莫克修——当时青年男子的典型——文雅的、好辩论的、高贵的莫克修，是全部悲剧中最卓越的人物"。他临死时诅咒这害死他的两大家族，这很明白地表示，害死他的凶手不单单是那好勇斗狠的泰保尔特，而是当时黑暗的封建社会。英国的大戏剧家德累登写道："莎士比亚在他的莫克修身上，表现了他最精彩的技巧，他自己曾说，他不得不在第三幕中让他死掉，以免自己被他害死。"可见创造这个人物，莎士比亚用了多大的心力。这个人物可能是青年莎士比亚的理想，这个人反对那社会中邪恶的势力，但终于被这种势力害死。

1956 年 6 月 17 日

谈《王子复仇记》

好几天前就收到一位读者的来信，他说："我以前曾看过一遍，这次重映准备再去看一遍。希望你像谈《恺撒大帝》那样，深入浅出地解释一下。"但这部旧片重映，映期不多，我不能花太多的篇幅来详谈，而更重要的是，我所知有限，实在没有资格来解释莎翁这部伟大的作品。俄国的大思想家赫尔岑说："要了解歌德和莎士比亚，你必须把你所有的才能都发挥出来，你必须熟悉生活，有过惨痛的经历，并且体会过浮士德、哈姆莱特、奥赛罗的痛苦。"了解都不能，哪里还谈得上解释？就像和一位朋友聊天那样，我在这里把我所想到的随便说一些吧。

登峰造极之作

一般认为，《哈姆莱特》（即电影《王子复仇记》所根据的原作）是莎士比亚最杰出的作品，在自古以来的全世界文学著作中，它与歌德的《浮士德》并占登峰造极的最荣誉地位。正因为它博大精深，所以也极难了解。小泉八云叙述他阅读这部戏剧的经验说，他从小就能整段整段地背诵《哈姆莱特》，但数十年后每读一次总发现新的意义。他叫学生每隔十年读一次莎士比亚，因为一个人人生经验越丰富，就愈能懂得莎士比亚的伟大。

《哈姆莱特》中的许多句子，有许多早已成为我们的口头语，例如"弱者，你的名字是女人"，那就是哈姆莱特责备他母亲改嫁的名句（准确的译法应该是"水性杨花啊，你的名字是女人"，但在我国不知怎样一向沿袭误译为"弱者"）；又如《红粉忠魂未了情》的原名 *From Here to Eternity*（从此处到永恒），是《哈姆莱特》中的句子；像"活着呢还是不活，这是问题"的独白，许多学生都是会背诵的。然而关于这部作品的真正含义，几百年来许许多多人写文章讨论阐述，却是见仁见智，各有不同。俄国的大批评家伯林斯基说："如果你想说明莎士比亚每一个剧本中的优点，你就非得写一大本书不可，并且即使写成了，还是不能表达你想表达的百分之一，还是不能表达剧本的内容的百万分之一。"

戏剧中的冲突

近一两年来，苏联电影戏剧界关于戏剧中的所谓"无冲突论"曾有十分热闹的论争，因为对这问题发生了兴趣，我曾根据英国布莱特雷教授的分析，把《哈姆莱特》中的大小冲突，一条条地列举出来。这部戏（影片与戏剧原作的结局是一样的）开始是出现了鬼魂叫哈姆莱特复仇，观众的注意力一下子就被提起了，大家注意到这个基本冲突：王子的复仇是否能够成功？

假使我们把趋向于复仇成功的事件称为 A，趋向于失败的事件称为 B，那么我们看到这戏中 A 与 B 在不断地反复冲突：哈姆莱特假装因恋上奥菲丽亚而发疯，波罗尼斯马上就相信了，还是 A。下一场是国王对哈姆莱特的精神失常极为怀疑，不相信波罗尼斯的解释，那是 B。王子胜过了派来侦查他秘密的两个人，计划演戏（A）；他想到了自杀而作的独白，他对奥菲丽亚说的话被人听见了，国王决定送他到英国去（B）；演戏大成功，拆穿了国王的秘密（A）；王子在国王祈祷时没有杀死他，后来误杀波罗尼斯，使国王有充分借口来放逐他（B）……一直到戏完为止，这样互相激荡的事件紧紧地抓住了观众的心。成功，失败，成功，失败……这两种因素激烈地冲突，直到悲剧的顶点。

哈姆莱特的性格

有人问：哈姆莱特为什么不爽爽快快地杀死国王替他父亲复仇？那么他自己就可做丹麦国王而与奥菲丽亚结婚。这部戏里死了八个人，似乎是毫无必要的。这原因，完全在于哈姆莱特的性格。对这部作品后世所以有这许多不同的意见，基本上也是因为对哈姆莱特性格的理解不同所致。

有些人的说法十分荒唐：一位学者说，哈姆莱特是个扮成王子的女子，"她"爱着霍拉旭，所以对奥菲丽亚这样凶；又有一派的人说，哈姆莱特觊觎王位，那个鬼魂是他叫人假扮的。这些荒唐的说法不谈，比较正式的意见有下列这几种：一、外界的困难使哈姆莱特没法达到目的，以致发疯；二、他的主要困难产生于他的内心，他的良心与道德观使他失败；三、他志大才疏，用歌德的比拟来说，好像一棵橡树在一只宝贵的瓶里生长，终于把瓶胀裂；四、他想得太多，行动太少，毛病在于优柔寡断，舒莱格尔和柯尔立治都是这种说法的主张者，屠格涅夫和伯林斯基也大致同意这种说法；五、由于他性格中忧郁的特性，那是布莱特雷教授的主张。

悲天悯人的先进人物

就我个人而言，我比较同意英国戏剧家哈莱·葛兰维帕克、苏联学者莫洛佐夫等人的解释。他们认为，莎士比亚的时代中充满了苦难和不合理，莎氏笔下的哈姆莱特是一个热情的人道主义者，他眼见周围的虚伪和卑劣，幻想着公正的社会关系，同时又深深为自己无力实现这幻想而苦恼，而焦虑不安，而厌恨自己。他热爱人，称人是"宇宙的精华，万物的主宰"。可是在那个黑暗的社会中，人是那么不幸，于是悲天悯人的哈姆莱特体会到了最深刻的痛苦，就如剧中所说，他是"那广大世界中先知的灵魂，梦想着将来的事物"。

在英国戏剧界，劳伦斯·奥利弗与尊吉格德（在《恺撒大帝》中饰凯修斯）是演哈姆莱特的双璧。在香港可以买到尊吉格德全套哈姆莱特的唱片，读者们如有兴趣，可去买来与影片中劳伦斯·奥利弗念词的风格比较一下。在我自己，我比较喜欢尊吉格德，我觉得他的话中感情更为丰富深刻，吐露了一个更广大的灵魂的痛苦。

1954 年 9 月 10 日

再谈《王子复仇记》

　　十天前，一位读者写信给我说："你在《谈〈王子复仇记〉》那篇影谈中说，哈姆莱特是一个悲天悯人的先进人物，我在看了电影之后，对你这几句话仍旧不大了解，希望你能在报上答复我。"趁着这部影片重映的机会，我把我的意见试着再说得详细些清楚些。

　　我们都同意，每部文学作品总多多少少反映着当时的时代背景与作者个人的思想。莎士比亚对当时英国社会的不满与愤慨，深刻地反映在《哈姆莱特》这部伟大的戏剧里。戏里的丹麦处在黑暗的中世纪，统治着社会的人们是残酷而愚蠢的，哈姆莱特的认识却远远超越他们之上，所以戏中说他是"那广大世界中先知的灵魂，梦想着将来的事物"。

　　中世纪思想与哈姆莱特先进的人文主义思想之间的不同，简单说来有这些：

　　当时的统治者重视"神"，而哈姆莱特重视"人"。他称人是"宇宙的精华，万物的主宰"。他这样赞美人："一个人真是一种杰作！理性多么高贵！才能多么无限！形体与行动是多么表情丰富而可爱！动作多么像一个天使！了解力多么像一个神！"所以，他对他四周的人都充满了热爱。他谈到他父亲时的崇敬真叫人感动。他对朋友霍拉旭、对爱人奥菲丽亚，全都是这样深切地爱着。

由于对美好与善良的强烈的爱，也产生了对丑恶与奸邪的强烈的恨。他痛恨国王的酗酒，厌恶他母亲的不贞，对她的浅薄感到极大的惊怒，他轻视一切虚妄的东西，一切徒有外表的东西。

哈姆莱特具有相当强烈的民主思想。在谈到地位、阶级或财富的时候，他总是表示不耐烦。霍拉旭称他父亲是一个"好国王"，他的回答中却强调了"人"，说："他是一个人。"他是王子，但把霍拉旭当作朋友，不喜欢听到他是"仆人"的话。当他的下属说到他们对他的"职责"时，他答道："那是你们对我的爱，就如我对你们的爱一样。"他与卑微的演员们谈话的时候，态度与对朝中大臣们谈话一模一样。他认为，国王与乞丐都是人，重要的分别是他们作为一个人的价值，而不在于阶级地位。

他是一个学生，进了大学，与大学里的一些自由思想者结成了朋友。他对于一切传统的观念都存着怀疑的态度，他对思想的力量十分重视，努力地探索着人生的意义，绝不盲目接受所有当时的人都认为是理所当然的道理。

这种认识与见解当然是远远超出他所生存的时代之上的。他热爱人类，他的洞察力使他清楚地看到当时社会中的不幸，可是他的能力却又不能使他改进这种黑暗的状态，于是这个胸襟广博的人深深地痛苦了。哈姆莱特的痛苦与我国大诗人屈原的痛苦，在某些地方是极为相似的。

1954 年 9 月 22 日

谈《奥赛罗》

　　《奥赛罗》或许不是莎士比亚戏剧中最伟大的一个，然而无疑是最令人激动的一个，最强烈地震撼人心的一个。苏联舞台上常演出莎氏的悲剧与喜剧，演得次数最多的，就是《奥赛罗》。最近苏联根据这个悲剧而拍摄了一部彩色片，在国际影坛上得到极大的好评。现在我们先看到了奥信威尔斯这部《黑将军奥赛罗》的美国片，等将来再看到那部苏联片时，拿来做个比较将是很有趣的。

　　故事发生在 1570 年，那时威尼斯是欧洲一个强盛的城邦。最近英法军进攻埃及时的主要根据地塞浦路斯岛，那时是威尼斯的属地。故事就发生在这塞浦路斯，该岛的总督是一个黑人，名叫奥赛罗。他妻子黛丝德梦娜是威尼斯的一位贵族小姐。奥赛罗手下有一个军官埃古，他用种种奸计来使这个心地高贵的黑将军怀疑妻子不贞，使他扼死了纯洁的黛丝德梦娜，然后自杀。

　　英国研究莎士比亚的学者们（如 A.D. 布莱特雷教授）认为，就戏剧结构的巧妙而论，《奥赛罗》在莎剧中是最最杰出的。它的主要冲突发生得较迟，然而一开始之后，它就没有丝毫停顿地加速发展，愈来愈快，使人几乎气也喘不过来。莎氏的许多悲剧中经常有小丑出来说几句笑话，缓和一下紧张的空气，然而这个戏中并没有。这个戏描写的主题是"两性间的妒忌"，这是一种每个人都会经历到的感情，所以极易引起人们内心的共鸣。我们看到一个高尚、纯朴的伟人，陷在奸计之中而苦痛不堪，我们看到一个天真纯洁的少女，无缘无故地经受着最难堪的虐待。我们内心充满了同情，希望他们能够发现这个奸计，然而事件每推进一步，悲剧性愈是强烈一分，你真会感到说不出的难受。如果你去找莎士比亚这剧本来读一遍，一定会经受到这剧烈的心灵上的震荡。上面提到过的那位布莱特雷教授在《莎士比亚悲剧论》中说，《奥赛罗》这剧本中整个动人的力量，只有在阅读时才能感到。他认为英国舞台上的奥赛罗，绝不是莎氏笔下那个人物。我不知道英国人演得怎样，去年在利舞台的演出是业余性的，不能作为准则，而奥信威尔斯这部影片所表演的，确与我们读书时的想象距离很远。

在读剧本时，我们为奥赛罗着急，为他的不幸难过，为他的痛苦感到哀伤，甚至为黛丝德梦娜的冤屈流泪。然而看这部影片时，我听到邻座的观众不住骂奥赛罗是傻子。奥赛罗绝不是傻子，他是一个军事天才，一生经历过无数艰险，曾在最困难的战斗中得到胜利。他是一个黑人，但由于他不平凡的经历、完美的人格、光彩的口才，使得威尼斯一个门第最高的美丽少女跟他秘密结婚。在威尼斯，他既是外国人，又是被人瞧不起的黑人，然而威尼斯政府把军事大权交给他，请他担任位尊势大的总督，这样的一个人绝不可能是傻子。他只是爱得太深，心地过于善良，对人过于信任，以致陷于奸计而毫不自觉。

英国大诗人史温朋曾说，人们对奥赛罗的怜悯，更胜于对黛丝德梦娜的怜悯。这句话真是说到了这悲剧的中心，因为在内心经受到的痛苦，奥赛罗是巨大而深刻得多。他妻子是他的生命，他爱她胜于一切。在他纯朴的心灵中，这个可爱的少女是一切美好高尚事物的象征，但突然之间，整个世界在他眼前破灭了。这绝不是一个愚蠢的丈夫为了盲目妒忌而杀死了无辜的妻子。就如普希金所说："奥赛罗不是生性妒忌的；恰恰相反，他是有信任心的。"这个悲剧是一个善良的灵魂的伤心和失望，由于他性格的过分纯洁而犯了致命的错误。岳飞的悲剧，窦尔墩的悲剧，性质当然与之完全不同，但我想其中有一个共同之点，那就是强有力的英雄在被小人陷害时的无能为力。

奥信威尔斯由于对恐怖的偏爱，把许多悲剧场面拍成了恐怖戏，我想这是许多人所不能同意的。

1957 年 1 月 28 日

谈《恺撒大帝》

故事的来源

这部影片是根据莎士比亚的剧本《朱理士·恺撒》拍摄的。原剧有中文译本，商务印书馆出版的世界文学名著丛书中译名叫作《恺撒大将》，世界书局出版的朱生豪译本叫作《恺撒被弑记》。我以为译作《恺撒大将》比较妥当，因为恺撒并没有做皇帝，说他"被弑"不很贴切。称他为"大帝"，则有点像春秋笔法中的诛心之论，根据动机来判断一个人，也不符历史事实。

莎氏原剧的材料取自罗马历史家普罗塔克的《名人传》中恺撒、勃罗特斯、安东尼三人的传记（这部《名人传》香港一般西书店中都有出售，"现代丛书"本售价十七元五角，读者们如有兴趣，可以去买一本来看看），相当严格地遵守历史事实。

故事说，罗马大将恺撒得胜归来，罗马人热烈地欢迎他。罗马贵族凯修斯等人怕他要做皇帝，说动了勃罗特斯，大家在议院中把恺撒刺死。勃罗特斯为人正直，罗马人相信了他的话，认为恺撒有野心，应该被杀。但恺撒的好友安东尼发表了一篇煽动性的演说，把罗马人鼓动起来反对勃罗特斯。勃罗特斯等逃出罗马，在战争中，勃罗特斯和凯修斯的联军被安东尼和奥克大维打败，勃凯两人先后自杀。

语言的精练

有许多学校拿这剧本来做课本。因为这剧本文体优美简洁，在莎氏三十七个戏剧中是比较最容易读的。这个戏是莎氏创作第二个时期末期的作品，这时他的写作技术已达到了最高峰。本剧在内容深刻这方面说，远不及他后来的《哈姆莱特》《奥赛罗》《马克白斯》《李尔王》四大悲剧，不过谈到人物的刻画、戏剧的结构、语言的精练，后来的剧本并不见得比它更高明。尤其是对白，本剧写得精彩绝伦。这和题材与人物有关，因为剧中人都是罗马的大政客、大雄辩家，说起话来自然不同凡响。这个剧本中逻辑多于诗意、理智多于感情、演说家多于普通的人，是一个极为男性的戏。事实上，剧中女性占了很不重要的地位。

莎士比亚为了尽量表现剧中人的雄辩，一般对白多写得简洁而有力，许许多多句子都是全部用单音节的字。但因为用字用句过分精确了，感情的成分就相对地减少。这个戏中没有《奥赛罗》中那种火一般的痛苦，没有《哈姆莱特》中如咬噬着自己的心那样的烦恼。

人物分析

然而即使是一个比较理智的戏，莎士比亚的天才还是把它写得使我们十分感动。他文采斐然的笔触碰到哪一个人物，哪个人物就活了，即使只有几句对话的一个仆人、一个使者，莎士比亚都使他栩栩如生。

我第一次看这影片时，和我同去的一位小朋友不断问我："这个是好人呢还是坏人？"这一点实在很不容易答复。因为对这戏中的人物不能用简单的标准去判断，我们可以说，勃罗特斯是理想主义者，凯修斯是个人主义者，安东尼是机会主义者。我这样用现代的名词去描写这三个人，其实并不十分贴切，不过是便于解释。

勃罗特斯是正人君子，是罗马人中最高贵的人物。他绝不做坏事。他所以刺杀恺撒，因为他知道恺撒的野心要危害到罗马。他自己是正人君子，因而相信所有的人也都是正人君子。他是冷静的哲学家，所有认识的人都尊敬他、信任他。然而他并不是一个实际的人，他不懂得安东尼的危险，这是悲剧的因素。

凯修斯的性格极为矛盾。他比勃罗特斯更热情，然而也更多地想到自己；他眼光锐敏，然而很不明智；他利用勃罗特斯，然而服从他的领导。恺撒很了解他，说他人太瘦，读书太多，思索太多，不喜欢音乐戏剧，看到别人比他伟大就心中不舒服。但在与勃罗特斯争吵时，我们感到了这个人的可爱处。他性格中弱点很多，但那是可以谅解的弱点。

安东尼则喜欢寻欢作乐，是体育家，是风流人物。他感情冲动，爱好冒险。和中国的人物比较，有点像曹操，可说是善于利用时机的"乱世奸雄"。但因为他没有曹操那一份冷静与坚决，终于失败在奥克大维手中（这一点在莎士比亚另一个大悲剧《安东尼和克丽奥派特拉》中有动人的描写）。在本剧中，莎士比亚安排他的出场极有戏剧性。恺撒被刺后，安东尼去见那批胜利者。直到那时为止，安东尼只说了三十七个字，然而在别人口中，已有七处地方提到他，每一次提到都很重要。这是在观众心中先安排了强有力的伏笔，他一出场，人们自然极度地注意。

恺撒本人在剧中占的地位不多，他在第三幕开始时就被刺死，然而这个历史人物的影子始终笼罩着全剧。莎士比亚让我们看到恺撒的高贵、伟大与伤心，也让我们看到了他的虚荣、自负与愚蠢，甚至他一只耳朵的听觉不好也表现出来了。

罗马这许多政客互相斗争后都失败了。最后做皇帝的是奥克大维。他在剧中只出现了三次，说了大约三十句话（电影中只出现两次，话更少）。但这三十句话已注定了他的成功，其中表示了这青年人的冷静、实际、自制与坚决。这些品质是恺撒、勃罗特斯、凯修斯、安东尼等人所不能具备的。

一个朋友说："我知道这戏好，可是好在什么地方呢？一时却说不出来。"欧美有过很多学者分析和解释这位大戏剧家的作品，他们从许多不同的观点进行研究。有的研究他的文字，有的研究他的社会背景，有的研究版本和考据等等。我们谈话的这几位朋友都是电影戏剧界的人，再者我们也没有资格做专门性的研讨，所以我们的谈话主要是讨论戏剧的本身。

群众场面

电影开始是罗马市民在热烈地迎接恺撒归来，两个护民官骂他们忘恩负义，要他们回家，市民听了他们的话。这一场和以后的情节似乎没有什么联系，那两个护民官后来也没有再出现，好像把这一场删去也没有关系。其实这短短一场对整个戏是很重要的。它介绍了整个大环境，罗马市民没有明确的政治认识，极容易冲动。在这种情况

64

之下，勃罗特斯的事业是没有希望的，罗马的共和政体是终结了，没有挽回的余地。这个戏首先就把构成这悲剧的社会背景提了出来。由于这场戏做伏笔，后来安东尼的演说与市民的受煽动，就显得十分自然。

有些批评家说莎士比亚轻视群众的智慧，在这个戏中把群众写成一批毫无头脑的暴民。其实罗马那时是奴隶社会，占人口大多数的奴隶在政治上并没有发言权，这个戏中斗争的双方都是统治阶级中的人物，被鼓动的群众也是当时社会中的统治者。再者，与其说莎士比亚轻视群众，不如说他对人类的弱点存着一种悲天悯人的情怀。

舞台技巧

莎士比亚的用词遣句十分精简，观众可以意会的地方绝对不再浪费笔墨。例如凯修斯等人到勃罗特斯家里去劝他反对恺撒，观众们知道凯修斯会说什么话，所以在戏中，凯修斯把勃罗特斯拉在一旁，就省却了一大篇对话。这只是一个简单的舞台技巧，然而在三百五十多年后的今天，许许多多戏剧与电影的剧作者仍旧不懂得这一点，以致我们常常看到很多沉闷的、不必要的舞台剧和电影场面，观众早就知道了的话，还要让剧中人翻来覆去地啰嗦。

鲍细霞

狄波娜嘉在影片中饰勃罗特斯的妻子鲍细霞。这个人戏很少，然而我们在她身上看到了一个庄严勇敢的罗马女人。她或许不大聪明、她的美貌也有点衰退了，但我们深深为她的温柔和信心所感动。她有自信，然而即使是自信，也是温柔的。她说由于有一个著名的丈夫和著名的父亲而骄傲。电影中删去了原剧相当动人的一场，那是勃罗特斯出发到议院去行刺恺撒了，他虽然没有把这件事告诉妻子，不过鲍细霞已猜了出来。她叫童仆琉息斯到议院去，琉息斯问她去做什么，她又说不上来。她感叹女人的心的软弱。她最后说："勃罗特斯啊，愿上天保佑你的事业成功。"这句话中蕴藏着很多的内心矛盾和冲击。狄波娜嘉没有机会表演这场戏，不免有点可惜。

高潮和转折点

戏的高潮是恺撒的被刺。在他被刺之前，有几个小曲折，增加了紧张，使观众更加提心吊胆。恺撒的妻子劝他不要上议院，他答应不去了；预言者又提出了警告；学者阿替密多勒斯明白指出了危险；朴必力斯"祝你们今日大事成功"的话等等，都在增加高潮的力量。恺撒被刺之后，来了安东尼的仆人，这是全剧的转折点（摩尔顿、麦克柯伦、格尔维倍克等学者都认为这个仆人的出现戏剧性极强）。这件事说明安东尼已掌握住了勃罗特斯的弱点，勃罗特斯是正直的人，必定会以正直的态度对待政敌。

高潮一到达之后，立刻是反高潮。勃罗特斯成功后立刻失败。莎士比亚许多悲剧都采取这种急转直下的结构，使观众的情绪发生急剧的改变。

著名的演说

勃罗特斯和安东尼那两篇演说，许多人都背得出，这或许是历史上与文学上最出名的演说。勃罗特斯的演说是散文，有人认为不如安东尼的诗歌体演说有力，其实像："你们宁愿让恺撒活在世上，大家作为奴隶而死呢，还是让恺撒死去，大家作为自由人而生？""我用眼泪报答他的友谊，用喜悦庆祝他的幸运，用尊敬崇扬他的勇敢，用死亡惩戒他的野心。"这些话岂不是精彩绝伦？安东尼的话所以更有力量，主要因为勃罗特斯是用理智来说服群众，安东尼却用情感来煽动群众。对于认识不清、头脑并不冷静的群众，煽动自然比说理是一种更有力的武器。

安东尼这篇演说，是在极端不利的环境中发表的，听众对他怀有敌意，他却要鼓动听众来反对他们所最尊敬的人。我们来看他用的是什么方法。

他这篇演说分成五段。第一段：先安抚群众，赞美勃罗特斯，使听众对他来势汹汹的态度缓和下来；然后用许多事实证明恺撒并没有野心；于是他借口哀伤过度，停顿片刻，让听众有时间来思索一下。有人认为他的话有相当道理了，于是第二段：他激起听众的好奇心，说恺撒有一张遗嘱，但内容不便宣布。第三段：他描写恺撒被刺时的悲伤，恺撒看到他最爱的勃罗特斯给了他一刀，这忘恩负义的一击使他的心碎了。这一段使听众流下泪来，也激起了怒火。第四段他自己谦逊，捧听众的场，以满足他们的自尊心，最后把听众引到高呼暴动的路上。第五段他再用物质的引诱来加强听众暴动的决心。

这篇演说组织之完美，实在使人叹服。对于政敌，他自始至终是赞美，然而这种讽刺性的赞美比痛斥更有力量。在另一方面，安东尼的雄辩有真实的情感做基础，他是深爱恺撒，是为恺撒的被刺而哀伤。他的演说所以动人，因为他说的正是他心中的话。

这篇演说是莎士比亚写的，我们能不敬佩他的天才吗？

精彩的争吵

　　勃罗特斯与凯修斯在军营中争吵这一场是文学史上著名的杰作，一般认为是全剧最精彩的部分。单就文学价值言，远在勃罗特斯和安东尼那两篇著名的演说之上。约翰逊认为本剧与莎士比亚的其他若干戏剧相比，显得冷漠而不动人，可能是因为他过分忠实于罗马历史，以至阻碍了他的天才，但"勃罗特斯与凯修斯的争吵与和好，是众所一致赞美的"。大诗人柯尔立治说："在莎士比亚所有的著作中，没有哪一场比勃罗特斯与凯修斯争吵那一场，更能令我相信他的天才是超人的。"这一场戏好在什么地方呢？主要是它动人的诗意、深刻的情感、对人性的刻画。

　　莎士比亚许多悲剧在高潮之后常有一个急剧的转变，然后是一个哀感的富于诗意的场面，和以前的兴奋激烈完全不同。在《哈姆莱特》，是奥菲丽亚的唱歌和自杀；在《奥赛罗》，是黛丝德梦娜伤感地唱"杨柳之歌"（这两场戏影迷读者们在电影中都看到过）。在本剧那就是这两人的争吵了。他们在共同进行一件大事业，勃罗特斯由于自己极端的正直，责备凯修斯接受贿赂。凯修斯伤了心，袒开胸膛叫他刺死他。后来两人和好了，互相埋怨自己脾气不好，这里笼罩着一种自怜自伤的心情。拿了酒来，要谈正事了，凯修斯说到自己的烦恼，勃罗特斯直接地说："没有人比我更能忍受悲哀：鲍细霞已经死了。"他妻子的死讯到这时才说出来，真是惊人之笔，于是凯修斯侥幸自己刚才居然没有被他杀死。这个死讯的透露把争吵这一场的情绪再加强了一层，把勃罗特斯的英雄气概提到前所未有的高度。

戏的结束

戏剧的结束是勃罗特斯与凯修斯战败而自杀。安东尼称赞勃罗特斯是最高贵的罗马人，奥克大维则宣布："凡是跟从过勃罗特斯的人，我都可以接待他们。"他说"我"而不说"我们"，这一字之差，成为他与安东尼之间斗争的伏线，也预示了安东尼的失败和他终于成为罗马皇帝。

原剧中战斗的经过并不如电影中那样简单。双方领袖要见面而对骂一场，打仗时凯修斯被安东尼打败，勃罗特斯却打赢了奥克大维。这些场面的省略对整个戏并没有多大影响。我觉得，这部影片是尽了很大的努力要忠实于原作。它做了许多删节，那是不可避免的，因为舞台剧演出的时间普遍总比电影长。不过影片所删节的，主要是不妨碍人物个性和剧情发展的场景和对话。例如在原剧中，安东尼演说完毕之后，听众愤怒异常，要去烧勃罗特斯等人的房子。他们在路上遇到一个诗人，一问之下，他名字叫作辛那，其实他和刺杀恺撒的辛那毫无关系，群众不问情由就将他撕得稀烂。这短短的一场，莎士比亚是用来描写冲动的群众心理，电影把它删去了。因为在电影中，已可以用火烧房屋、群众愤怒纷乱等舞台剧无法表现的大场面表现出来，不必借助于这场戏了。

对电影的批评

忠实于原著，是这部影片很大的好处。导演的镜头运用朴实而有戏剧性，很发挥了舞台剧的优点。读者们如果注意，可以看得出电影中许多花巧，在本片中都故意避免使用。例如，两个人说话，一般电影中常常有下列情形：画面中看到甲的表情，听到的却是乙的声音。本片中很少有这种所谓"反应镜头"。因为莎士比亚的诗有很美很戏剧性的节奏，用许多镜头割裂开来会使它受到损害。

演说那一场拍得也不错。在古罗马，演说是一种很受人欢迎的艺术。就像现在有影迷、戏迷、球迷一样，那时候有一种人是"演说迷"。他们不大去注意演说的内容，却如痴如狂地欣赏和崇拜精彩的演说。假使群众的反应更狂乱些，镜头角度变化再多些（这一场拍得花巧些我以为是可以的），那么效果一定会更好。声音录得极好，群众的喧哗和演说家的话混在一起，然而成千人的声音并没有把演说家一个人的声音淹没。

为什么没有胡子？

服装和布景都有一种单纯而宏大的美，很有古罗马的气魄。有一位朋友忽然想到一个问题：刺杀恺撒的人都是元老，为什么元老却没有胡子？这个问题我当时回答不出。提出这问题的人的姐姐说他乱扯，专门在这种地方动脑筋。回家之后我翻了许多书，终于把答案查了出来。原来这是古罗马人的一种虚荣，与香港小姐们瞒年纪属于同一心理。书上说，古罗马的青年有许多爱留胡子，年纪大起来时，胡子渐渐变白。他们先把少数几根白胡子拔去，后来拔不胜拔，就索性剃去，所以元老反而没有胡子。古罗马人把头发披在前额，据说是为了掩饰逐渐秃去的前额。听说这种发式现在的罗马又在流行了，说不定不久会成为香港男人的时尚呢！

尊吉格德

一位对戏剧很内行的朋友说，"这部影片中不应该用尊吉格德"。我懂了他的意思，也很同意。因为一有尊吉格德，其他演员都显得黯然失色了。其他演员并不是不好，只因为尊吉格德太好。我是心中先存着一种对尊吉格德尊崇的心情走进戏院的，他在银幕上一出现，几句诗一念，本来很有才能的占士美臣完全给比下去了。尊吉格德读《哈姆莱特》《罗密欧与朱丽叶》《奥赛罗》《莎氏十四行诗》等的唱片我听得很熟，一听到他那种充满着情绪的声音心就会跳得快起来。在一本戏剧杂志上看到一则消息，说他最近在伦敦朗诵诗歌，不加化妆，没有布景，成千听众都为他的声音着了迷。上海电影界的一位朋友写信给我说，黄宗英的诗歌朗诵在上海近来红得不得了，工厂、机关、学校有晚会，总要设法请她去朗诵几首诗。真的，一位演员的声音一好，感动人的力量就大了很多很多。

尊吉格德的祖母是凯德戴莱，她饰演的朱丽叶是英国戏剧史中的一个大成就。他的祖姨是著名女演员爱伦戴莱（中国读者知道她的人很多，因为她是萧伯纳的情人，他们的通信集最近有新印本出版）。爱伦戴莱的儿子就是大导演哥顿克莱，他曾应斯坦尼斯拉夫斯基之聘，替莫斯科艺术剧院导演《哈姆莱特》。尊吉格德承继了这优良的戏剧传统，再加上他的天才和努力（他今年五十三岁了，好像还没有结婚），成为英国的大演员。就像劳伦斯·奥利弗一样，他因演剧艺术上的成就而被封为爵士。一般认为，今日英美舞台上，只有奥利弗才可以和他匹敌。如果奥利弗来演影片中的勃罗特斯，大概观众们就不会有凯修斯反而是主角的感觉了。

一个小故事

　　全世界影剧界尊为表现艺术上最大大师的斯坦尼斯拉夫斯基，曾说到莫斯科艺术剧院演出《朱理士·恺撒》这戏的一个小故事。他自己饰勃罗特斯，有一次，一位临时演员（饰演向他呈递请愿书的人）请假，丹钦柯叫一个在市政机关中做书记的人代替。他以一个书记走向上司的步伐走上舞台，向斯氏现代化地一鞠躬，说：斯坦尼斯拉夫斯基先生，丹钦柯先生命令我把这个交给你！然后他呈上罗马式的书板。斯氏说，他培养起来的情绪全部消失了，创造角色的种种努力，都变成了另一种努力，那就是忍住不要笑出来。

　　这小故事说明，只要全剧有一个演员不好，不论他是如何的不重要，都足以造成损害。也就是说，对于一个戏剧，每个演员都是重要的。戏的多少与演员表演的成功没有多大关系。《恺撒大帝》又是一个例子，尊吉格德排名是第三，他所演的角色也非主角，但由于他的艺术修养，缺少光彩与深度的占士美臣、口齿不清的马龙·白兰度就显得远不及他了。

1954 年 1 月 14 日

谈《理查三世》

《理查三世》的上映，在英国与美国电影界都是一件相当轰动的大事，但在香港，似乎并没如《王子复仇记》和《恺撒大帝》那么受注意。原作比较不出名，或许是原因之一。但总的说来，这还是一部值得比较详细谈谈的影片。

原作的评价

《理查三世》是莎士比亚最早期的作品之一，那时他的戏剧才能与对人生的洞察力还没充分发展。悲剧的主角理查就像另一部早期作品中的罗密欧那样，性格从开始到结束没有多大变化，也没有强烈的内心矛盾与冲突。有些批评家指出，理查开场一段独白虽然精彩绝伦，但就戏剧结构而说，那只是平淡的介绍，并没有推动剧情的急速开展。然而这剧本把一个政界的大坏蛋描绘得神采奕奕，在莎士比亚戏剧中所有的政治人物中，理查三世最为突出。他生龙活虎般的行动、才气纵横的计谋，不禁令人为之倾倒。英国著名的文学批评家约翰·巴尔默在《莎士比亚的政治角色》一书中分析了理查三世所用的各种政略，他说，近几十年中许多政界领袖的手腕和行动，有许多地方实在与理查三世没有分别。这因为莎士比亚观察敏锐，挖掘到了这个"奸雄"灵魂的深处。尽管现代的环境与当时完全不同，但政治上"奸雄"的性格，并没有多大区别。在莎士比亚的各个历史剧中，《理查三世》可以说是艺术性最高者之一。英国每一个大演员都以一演驼背理查为荣。在电影《戏国王子》中，我们就曾看到名演员布斯演出理查的情况。

戏中的历史背景

戏中人物众多，事件复杂，最好先了解一些英国当时的历史情况，才不致被弄得眼花缭乱。简单说是这样：英国史上有一个争夺王位的内乱"玫瑰之战"。一方是兰开斯特家族，另一方是约克家族。那时兰开斯特家族的亨利六世在做国王。驼背理查怂恿他父亲约克公爵起兵，在战场上，理查奋勇当先，大获胜利。但约克公爵被敌人杀死了，理查却杀死了亨利六世和王太子，拥戴自己的哥哥爱德华即位。这样，王位到了约克家族手里。理查野心勃勃，大诛异己，在爱德华四世死后自己即位。最后兰开斯特家族又有一个亨利起兵，杀死了理查而即位，称为亨利七世。亨利七世娶了爱德华四世的女儿做王后，两个王族合而为一，扰乱多年的封建战争得以停止。亨利七世之后是以杀妻闻名的亨利八世，亨利八世的女儿就是著名的伊丽莎白女王一世。莎士比亚是伊丽莎白女王时代的人，那时英国国力鼎盛，黄金时代正在开始。

戏剧的主题

据剑桥大学的蒂尔耶德博士在《莎士比亚历史剧》（这部著作被认为是近代关于这方面的权威）一书中的考证，莎士比亚这些历史剧极受当时一位历史学家赫尔的学说的影响，认为英国从分裂到统一是实现了上帝的意旨。莎士比亚一系列的历史剧确是描写了英国从分裂、内战到统一、和平的经过。但我想，如果说他是在宣扬上帝的意旨，不如说他反映了当时社会和人民的普遍要求更为适当。英国的经济正在急剧发展，中产阶级和平民都希望国家和平统一，反对封建割据和封建性的内战。莎士比亚在这一系列的历史剧中歌颂了和平统一，拥护能使人民安居乐业的政治环境。而使他这些剧本成为不朽的，是他对于人之性格深入的刻画。

理查的性格

理查是一个有极大才能的奸雄。他只相信权力，没有任何道德的考虑。萧伯纳认为这戏中理查的三句话十分重要："良心，那只是懦夫所用的字眼；最初所以发明出来，是为了要使强者有所畏惧。我们有力的手臂就是我们的良心，刀剑就是我们的法律。"萧伯纳说，尼采的全部哲学就包括在这几行诗句之中。

理查最大的乐趣是玩弄权谋。因为他比当时所有的人智力更强、行动更果决，所以无往而不利地抓到了权力。希特勒，多么像理查啊。在我国近代的政治史上，不是也有这样的人吗？这种人谋杀政敌、出卖朋友，任何坏事都敢做，只要对自己有利。有人分析，许多观众所以喜欢看这个戏，因为这戏使他们经历了一个"道德的假期"，什么仁慈、信义、友爱，一切完全不顾，只见主角大踏步地朝着他的目标前进。影片在美国卖座奇佳，或许这是原因之一。

我国历史上不知道有多少像理查那样的君主，为了做皇帝而杀死兄弟根本算不了一回事，甚至可以说，不杀兄弟那才是例外。莎士比亚找到了这种人性格中的特点，以极高妙的艺术手腕表现了出来。

初显身手

电影开场时是爱德华四世加冕（那本来是《亨利六世》第三部中的最后一场），这时理查已杀了敌方的国王父子，建立了殊勋，此后运用权谋的第一个对象是他哥哥乔治。乔治本来是一个无恶不作的坏蛋，电影中的尊吉格德把他演得太崇高了。要知在这部戏中是完全没有好人的，一群大坏蛋在尔虞我诈地斗争，而所有的坏蛋都不是驼背理查的对手。在争夺王位之战时，乔治曾背叛他的哥哥爱德华。他的被处死并不引人同情（虽然不免觉得可怜），观众感到兴趣的，是看理查怎样大显身手。戏剧的主旨不是描写善与恶、是与非的斗争，而是在"黑吃黑"的残杀中暴露人的性格。

引诱安妮

使美丽的安妮屈从于自己的意志，是驼背理查的得意杰作之一。理查对安妮当然没有爱情，性的欲望也并不重要；在政治上，与她结婚固然有利于实现他的计划，然而在引诱的过程中，理查也不着重这一点。最使他发生兴趣的，由于这是一件难事。他杀死了她英俊温雅的未婚夫（王太子），杀死了她未来的公公（英王亨利六世），正在她

76

扶着公公的灵柩哀哭时（电影将棺材中的尸首改为是她的未婚夫，使感情更为激荡），他却去向她求爱！更何况，他是一个十分丑陋的驼子。他说："哪一个在这种心情下的女人曾被人追求？哪一个在这种心情下的女人曾被人追到手？"但他用坚强的意志、雄辩的口才、巧妙的进攻，使安妮茫然不知所措，终于屈从于他。

安妮绝不是性格放荡，甚至不是软弱，而是落入了一个智力极高、意志极强的人掌握之中，摆脱不了，逃避不了。理查加之于她的，不是体力上的强暴，而是意志上的强暴，是更加压倒一切地摧毁了她的抵抗力。

劳伦斯·奥利弗和嘉运宝琳这场对手戏是全部电影中最精彩的片段。

杀希史丁斯

理查除掉希史丁斯时手段之辣，可以说是流氓政治的典范之作。他事先查到希史丁斯对自己的计划不赞同，于是召集会议。他故意迟到，向希史丁斯客气一番，然后与主教提些闲事，要他去拿杨梅来大家一起吃。希史丁斯毫不提防，觉得理查今天的心情好极了，同时以自己被当作是他的密友而得意。哪知突然之间，理查闪电般提出了指控，他还没来得及自辩，理查已下了斩首的命令。

导演处理这场戏时巧妙地运用了一张长桌，使出席会议的人一个个地离开他，后来，希史丁斯孤零零地处在长桌的一端，另外的人都聚在另一端。观众一瞥之下，就知道他的命运已决定了。这种形象化的表现方法，在电影艺术中是很重要的。

杀白金汉

白金汉是理查最得力的助手。他一言一动，都极力模仿领袖的模样。他宣布拥戴理查做国王，群众毫无反应，他派在群众中的流氓就高呼："理查万岁！"但当理查即位之后提出要杀两位小王子时，白金汉却迟疑了一下，说要考虑。理查绝不容许别人迟疑，他马上派人去干杀人的勾当，当白金汉再来表示同意时，理查已故意显得毫不感到兴趣。白金汉一再提到他先前答允过给他的报酬。我们或许会觉得白金汉很蠢，这要求提得多么不合时宜，但仔细一想，这实在是最好的时机。白金汉抓紧了机会，要以同意杀小王子来交换理查诺言的兑现。哪知理查比他高明得多，他不容许部下对他要挟，也不容许部下有丝毫的迟疑。

杀小王子

理查做了国王。但照传位的规矩，国王应该是他侄儿做的。他绝不容许那两个小王子活着，这是十分现实的事。两个小王子是否嘲笑他的残疾，那并不重要，不过这场戏很有戏剧效果，透露了理查的心情。他叹道："这样小而这样聪明，人们说那是活不长久的。"我国京戏的《贺后骂殿》情况与这段戏很有相同之处，赵匡胤突然暴死，他的弟弟赵匡义接位（大概赵匡胤是被赵匡义害死的，所谓"烛影摇红"，成为历史上一个疑案），首先就非把皇太子逼死不可。英国有许多批评家觉得理查各种罪行中，杀害小孩最令人不可容忍。约翰逊博士和柯尔立治两位大文学家所以对《理查三世》这个剧本批评恶劣，主要似乎是从道德观念出发的。其实我们看一下现实的政治情况，如果理查不杀死小王子，那才不合理呢。李世民在玄武门之变中杀了做皇太子的哥哥建成，也绝不能让建成的儿子活下来。英明如唐太宗者尚且如此，何况理查？

转变和结局

理查做了国王，他的才能已没有发挥的地方。就在这时候，他生命中的软弱与阴暗开始了。有人认为莎士比亚写到他做了国王之后，以后的各场戏就大为减色，再没有机智的火花和才华的光芒。其实，这不是莎士比亚后劲不继，而正是这个悲剧的本质。是理查这个人深刻的个性。他拼命往上爬，爬到了顶峰之后，一切才智和意志突然之间消失了。他会突然失却自我控制，会更改发出了的命令。他在醒觉时从没受过良心的责备，但鬼魂在他梦中出现了，这表示在他下意识中，他还是会因自己的恶行而感到不安的。最后他是在战场上战斗至死，死得十分英勇。他临死时大叫要用一个王国来换一匹马，萧伯纳指出，只要能保持战斗的狂喜，理查愿意用十二个王国来交换。

理查其实并不喜欢做国王，他是喜爱在争夺王位时的这一切战斗。

电影拍得怎样？

整个说来，是一个成功的改编。但错综复杂的政治关系还不够单纯化。配音过于庄严，没有阴沉和讥嘲的意味。最大的缺点，似乎是没有使观众感到对理查有一种不自禁的钦佩，因而失却了悲剧意味。

英国大批评家查理士·兰姆称他为"崇高的天才，神通广大、深刻、机智、多才多艺的理查"，在银幕上就如同我国京剧舞台上的曹操，奸恶掩盖了枭雄的才气。

1957 年 4 月 4 日

谈《驯悍记》

"我知道莎士比亚是一位伟大的天才，但他为什么要写这种虐待太太的戏剧呢？他为什么这样看轻女人，说女人必须做丈夫的奴隶？请你详细地解释一下，因为我和我的同学们看了《刁蛮公主》后，都觉得莎士比亚看不起女人，对他大大地不高兴了。"

这是一位女学生读者写给我的信。既然对于小姐们，这个问题是这样严重，我就试着来解释一下，虽然，我的解释也未必会让她们满意的。

莎士比亚的原作叫作 *Taming of the Shrew*，是"驯服一个泼妇"的意思，朱生豪把它译作《驯悍记》。故事的梗概是这样的：

补锅匠史赖在酒店里喝醉了，一位贵族和他开玩笑，把他带回宅邸里。史赖醒过来后大家把他当大老爷看待，说他神志昏迷了十五年，现在总算清醒过来了。史赖弄得莫名其妙，大家却拼命奉承他，一个小厮化装成女人，自称是他的太太。后来叫了一班人来演戏，娱乐这位大老爷。

驯服泼妇就是这场戏中戏：意大利帕度亚地方有一个有钱人，有两个女儿，凯撒琳和琵茵珈。凯撒琳穷凶极恶，人人都怕，琵茵珈却温柔文雅，求婚的人很多，但她们的爸爸在把大女儿脱手之前决不肯把小女儿出嫁。后来彼得罗奇欧来了，向这位出名的泼辣女人求婚，也不等对方答应，就自说自话地和她结婚了。跟着来的是一连串的折磨，不给太太吃饭、不给她睡觉、不让她穿新衣戴新帽，可是这一切折磨却都借口说是为了体贴她爱惜她。在这样辣手的丈夫面前，凯撒琳终于服服帖帖地无条件投降了。后来彼得罗奇欧和他的连襟罗生奇欧及另一位朋友比赛，看谁的太太最听话，结果得胜的是彼得罗奇欧。

这戏中还有一段小插曲，就是罗生奇欧向琵茵珈求婚，他化装做琵茵珈的教师，而要他仆人假冒自己在琵茵珈的爸爸面前耍花枪。结果是求婚成功。

在表面上看来，这完全是一个闹剧，但深一层地分析，我们看到这绝不是仅仅胡闹一场而已。故事并不是莎士比亚独创的，他取材于意大利诗人亚里奥斯托的一个戏剧。又如把穷人当作大老爷来寻开心，在别人饿得不得了的时候故意拿美食佳肴来引诱他而不给他吃等等，在阿拉伯的《天方夜谭》中也有类似的故事。据说莎士比亚没有看过《天方夜谭》，但这种民间传说在英国流行也是很可能的。莎士比亚剧作的故事情节全部取材于别人，但这丝毫没有妨碍他的伟大。他的伟大是在于作品内容的深刻和人性刻画的生动。《驯悍记》也是这样，重要的不是它的故事，而是它所包含的意义和戏剧中的人物。

莎士比亚的作品一般分为三个时期，《驯悍记》是他最早期的作品之一，其中充溢着嬉戏欢乐的情调、明朗的色彩、精神勃勃的人物。那时候距离他那几个大悲剧的创作时间还很远，他的才能还没有发展到巅峰，可是在《驯悍记》中已充分显示了他天才的痕迹。在更早一些的《错误的戏剧》中，主要之点还在情节的错综复杂，而《驯悍记》的人物却活生生地凸出来了。甚至那个毫不重要的补锅匠史赖，也有他独特而完整的性格。

有许多文学家赞扬这个戏的结构。约翰逊说："这个剧本的两个故事结合得这样好，几乎是合而为一了。由于有双重的情节，看起来特别有兴趣，但注意力也不会因不相关联的事件而分散。"赫兹立特说："《驯悍记》几乎是莎士比亚喜剧中唯一有一个正常结构的戏。"

它的影响与意义

这个戏对后世戏剧的影响很大，像德国著名剧作家赫普曼的《舒鲁克和耶乌》就受到这戏很多启发。舒鲁克和耶乌是两个农民，一个贵族和他们开玩笑，使他们自以为是王子，后来玩笑开过，耶乌难以相信自己又是农民了。那时他说的一段话很有趣，也有意义。他说，"他只有一个肚皮，我也有一个肚皮，他有两只眼睛，我也有，难道他有六只眼睛吗？王子和农民又有什么分别？"

现在要谈到《驯悍记》的意义了。莎士比亚写这个戏的用意是什么？关于这个戏的主题，曾有许多文学批评家谈论过，许多人提出了许多不同的意见。例如英国一位资产阶级学者杜基埃提出了"秩序与无秩序说"，认为莎士比亚主张维持现存秩序，戏中的悍妇凯撒琳代表现存秩序的破坏者，而更强的彼得罗奇欧则代表秩序的维护者。他说，丈夫与妻子之间的关系，在那时就是君主与臣民之间关系的象征，最后妻子对丈夫投降，就是正常的统治关系得到了巩固。我以为这种解释是把莎士比亚的思想庸俗化了，如果他的杰作只有这样肤浅的含义，那么这位伟大的诗人也绝不能称为伟大。

苏联的三种解释

苏联著名研究莎士比亚的学者米·莫洛卓夫曾说："莎士比亚的创作所环绕的中心是人类。在莎士比亚的剧本中，最值得我们研究的就是人类性格的多面性。我们在某个人物中发现的特征愈多，我们也就愈接近真理。看起来似乎相互抵触的各种不同的解释，事实上是完全可以容许的……例如，哈姆莱特的性格，就在许多不同的解释中都有正确的表现。"关于《驯悍记》，苏联三次的主要演出中就有三种不同的解释。红军中央剧院的演出人保保夫认为，本剧是描写两个超出在他们所生活的鄙陋而胸襟狭窄的世界之上的人物。凯撒琳的泼悍其实是她意志坚强的反抗，彼得罗奇欧了解她远比一般装腔作势的女人（如她的妹妹琵茵珈）高尚，所以爱上了她，在"以毒攻毒"的行动中，两人互相了解了。在高尔基城的一次演出中，演出人考拉贝尔尼克认为本剧的要旨是外表与本质之间的对比，凯撒琳外表泼辣，其实心地善良，彼得罗奇欧外表粗鄙，其实品格高尚，以此类推。在罗斯托夫的演出中，演出人柴伐斯基把本剧解释为一切人都在装假，当凯撒琳和彼得罗奇欧彼此相爱而不再装假时，他们在周围虚伪的世界中成为两个真正的人。

这三种解释虽然各有不同，但有一点是共通的，那就是认为男女主角是高出当时令人窒息的中世纪黑暗社会之上的人。莎士比亚生活在一个经济和社会变动得非常厉害的时代，封建社会的基础开始受到新的资本主义关系的破坏，大批农民失却土地而成为流民乞丐，那是一个残酷的时代。莎士比亚在本剧中以开玩笑的方式嘲笑了当时世界的愚蠢和虚伪，描写了一对性格奇特、玩世不恭的高尚人物。当时他对社会的罪恶观察得还不深，所以本剧不像后来的《李尔王》那样愤世嫉俗，只是对旧社会加以嘲弄。

人的意志

　　莎士比亚的时代正是"文艺复兴"时期，这时候科学开始兴起，中世纪的神学开始崩溃了，这时候的人们不再迷信宗教，要求人的解放，相信人的意志比上帝的意志更重要，哈姆莱特就称人是"宇宙的精华、万物的主宰"（一幕二场）。《驯悍记》的主旨之一也是强调人的意志的重要。赫兹立特曾说："本剧很可爱地显示，自我意志只有对更强的意志才表示顺服。"彼得罗奇欧的话中充分表示了这种意志坚强的气概："你们以为一点点的吵闹就可以使我掩耳退却吗？难道我不曾听见过狮子的怒吼？"他说他听见过海上的狂风怒涛、战场上的炮轰、天空的霹雳、万马的嘶奔、金鼓的雷鸣，对女人的口舌毫不在乎。

　　从太太的发脾气联想到狮子的怒吼，这和我国说河东狮子吼倒是一样的。在我国文学中，描写妻子之泼悍的，古往今来我以为无过于蒲松龄了。《聊斋志异》中《马介甫》那篇里的泼妇，不但欺侮丈夫，连翁姑、小叔、丈夫的朋友都一起虐待，威风比凯撒琳大得多。蒲松龄的长篇小说《醒世姻缘》更以数十万字的篇幅来描写泼妇虐待丈夫的各种各样方式，他的弹词也有以泼妇为题材的。有人说，蒲松龄用各种文学体裁来表现这个主题，而且写得如此令人惊心动魄，一定是有感而发，说不定是夫子自道了。

是莎士比亚发牢骚吗？

　　我连带想起，莎士比亚写《驯悍记》，是不是也可能因为对他太太不满而在作品中发一下牢骚呢？关于莎士比亚的婚姻生活，所知很少，一般只知道他太太名叫安妮·夏达威，比他大八岁，他们结婚时莎士比亚十八岁，太太二十六岁。他们结婚结得很匆忙，可能那时他太太已经怀了孕。结婚不久生了一个孩子，后来又生了一对双生子，莎士比亚二十一岁时即到伦敦。太太似乎始终没有和他在伦敦共同生活。从这点仅有的资料看来，莎士比亚的家庭生活可能是不十分美满的。他另一部喜剧《第十二夜》二幕四场中有一段话，是公爵劝他的朋友与一个年纪轻些的姑娘结婚，他说我们男子虽然自称自赞，事实上爱情容易消逝，如和一个比自己年纪轻的女人结婚，就不会产生这种悲剧。小泉八云在东京大学的演讲录中，认为莎士比亚的私生活极好，他和别人一起玩乐，可是很有节制。假使做一个大胆的推想，说莎士比亚家庭生活的不幸福在文学生活上得到了补偿，我想也不是没有理由的。

好莱坞以前曾根据《驯悍记》拍过一部电影，是菲宾氏和玛丽毕福夫妇主演的，据说成绩很不错。这部《刁蛮公主》只采用了原作的一些情节，没有深入地表现莎士比亚的含义，就戏剧的艺术性而言，是一种比较肤浅而庸俗的解释。

1954 年 7 月 29 日

看《梁山伯与祝英台》

在我故乡杭州一带，有一种黑色的身上有花纹的大蝴蝶。这种蝴蝶飞翔的时候一定成双作对，没有一刻分离。在我们故乡，就叫这种蝴蝶作"梁山伯、祝英台"。这种蝴蝶雌雄之间的感情真是好到不能再好的地步，小孩子如果捉住了一只，另外一只一定在他手边绕来绕去，无论怎样也赶它不走。大概在我六七岁的时候，家里人看着这对在花间双双飞舞的美丽的蝴蝶，给我讲了梁祝的故事。这是我第一次知道世间有哀伤和不幸。

世界各国都有许多关于爱情的美丽传说，但我以为，没有一个比梁祝的故事更动人。前天在国泰戏院看了影片的试映，我觉得，世界上有许多美丽的电影，但没有一部比这部更让我感动。

电影本身的美丽是一个原因，此外还有许多心理上的因素。作为一个中国人，对于这种亲切的诚挚的中国故事，作为一个青年人，对于其中所描写的真诚的热烈的爱情，都不能不有深深的感受。我在看电影之前，已经知道这是部好电影，但绝想不到有这样好！

我以前曾好几次看过越剧的《梁祝》，这次电影的改编我以为比那些舞台表演更精练，也更美丽。许多粗俗的地方都删去了，梁祝这两个人的性格显得更加可爱了。

在从前的社会里，有那么多的不幸，那么深的哀痛！一对青年男女互相深深爱着，外界丑恶的力量却阻止他们的结合。但真诚的爱情自有巨大的力量，它能冲破一切障碍，在人们心底，这种爱情甚至能冲破生死的界限。这故事所以流传得这样广，所以流传得这样长久，我想因为它表达了许许多多青年男女心中的愿望和苦恼。作为一个男人，谁不爱那个勇敢、聪明、坚贞而又热烈的祝英台？作为一个女人，谁不爱那个忠厚、诚实、爱情专一的梁山伯？

有人说，《梁祝》是中国的《罗密欧与朱丽叶》，其实，《梁祝》比《罗密欧与朱丽叶》更好。我不是说《梁祝》的剧本比莎士比亚的诗篇更好，我是以为，梁山伯比罗密欧可爱，祝英台至少与朱丽叶不相上下，而就故事结构说，也是《梁祝》更为动人。单是这个比较或许就值得写一篇很长的文章。

在看电影的时候，许多人都流了眼泪，包括我自己在内。在"十八相送"的时候，我已经感到心头的酸楚了。歌剧的节奏本来比较缓慢，能这样强烈地打动人心，实在是电影史上的一个大杰作。

看了这部电影，你怎能不想到生命是如此可爱，怎能不更加珍惜那许许多多你所爱的人们？

1954 年 12 月 8 日

《梁祝》的"十八相送"

"三载同窗情如海，山伯难舍祝英台，相依相伴送下山，又向钱塘道上来。"这四句合唱引出了一个叫人心中又感到喜悦又感到难受的情境：两个感情非常深厚的人要分别了，以前曾有过长期甜蜜的共同生活，现在相聚在一起的时间只有目前这一点点，他们又到了从前第一次相遇的地方。那是春天，漫山遍野的青草，一路上桃花夹着杨柳，暖暖的风中全是花的气息，即使是慢慢地走，也终于走到了钱塘江边。"阳春二三月，草与水同色。"过了江就是浙东，送人送到江边不能再过去了。

复杂的心情

梁山伯只是惋惜和一位好朋友的分离。祝英台的感情却复杂得多了。她已经请师母做过媒，要分别的不但是好朋友，而且是恋人。同时她心中又充满着幸福的感觉，对爱情有着充分的信念。她希望自己的爱人也能体会到这种心情，所以一次又一次地向他暗示。梁山伯不懂，她心中并不着急，因为他回去遇到师母后反正是会知道的，但她心中仍旧存在着矛盾：希望爱人了解自己的心情，但又害羞，不好意思当面明说。最好是梁山伯自己知道了，用同样温柔甜蜜的感情来回答她，可是，他终于不知道。怎么办呢？

越剧的"十八相送"的重点在刻画祝英台的心理。川剧《柳荫记》的"山伯送行"处理方法稍有不同，事先没有"托媒"一场，所以祝英台必须在分别之前让梁山伯知道自己的心事，这样，送行中的各种比喻有了更强的戏剧性，因为梁山伯如果不懂，那就会影响到两人的终身幸福。我觉得这两种方式各有所长，川剧的戏剧性比较强烈，观众看到梁山伯不懂时心中很着急。看这部影片时，我们并不着急，但更加地感受到祝英台那种一往情深、又喜又爱的心情。

三个段落

影片这段"十八相送"分成好几个段落，情感一步一步地向前发展。祝英台首先用樵夫的比喻提到一般性的夫妻关系，再用牡丹的比喻暗示梁和自己的关系，梁不懂，必须说得更直接一点："英台若是红妆女，梁兄愿不愿配鸳鸯？"这次明显地提出了问题，但梁用"可惜你，英台不是女红妆"，一句话轻轻推掉了。祝英台于是说他呆得像鹅，梁山伯假装恼了，祝英台赔礼，这是第一个段落。

第二个段落感情上又进了一步，过独木桥时祝说"你我好比牛郎织女渡鹊桥"，在井中照影时说"一男一女笑盈盈"。这时祝英台一方面是向梁暗示，同时自己是深深地沉浸在恋爱的幸福里，在困难中（不敢过独木桥）有心爱的人相扶助，在宁静中（井中照影）和心爱的人共享受，还有比这更甜美的吗？她的感情提到了这一步，所以接着有在观音堂中同拜堂那样情不自禁的表示。对于这样热烈奔放的感情，梁山伯回答的是骂她太荒唐，祝英台又气又好笑，将他比作一头牛。梁山伯第二次生气，祝英台第二次赔礼。求他相送，这并不是第一次生气的单纯重复，而是在一个发展到更强烈的心情下所产生的事情。

相送到了长亭，两人就要分别了。祝英台一方面不舍得恋人的别离，又感到自己的心事还没有为恋人所了解，终于用一种间接的方法和梁订了婚约。在她那种心情下，这是再巧妙不过的办法，既吐露了爱情、有了誓约，同时也不会发窘。到最后"万望你梁兄早点来"成为这一场戏的高潮，也是祝英台情感的高潮。

动人的表演

袁雪芬在影片中把祝英台这种激烈的情绪冲突、细致的心理层次极动人地表演了出来。我们看到这个少女爱得既勇敢热烈，又聪明而理智，一点不失身份。深情处真是风月情怀，醉人如酒；含蓄处又是不着一字，尽得风流。

这场戏并不长，然而不但刻画了祝英台这样复杂的心情，也突出地描写了梁山伯忠厚诚实的个性。我们可以想象，当两人同窗共读时，梁山伯可能会发一点憨直的脾气，祝英台有时会理智地责备他，有时会温柔地向他求告。这场戏是《梁祝》从喜剧变为悲剧的转折点，结束了这对恋人以往的一切喜乐，展开了今后的痛苦。

女扮男装之类

　　在封建社会中，妇女没有社会地位，没有恋爱和婚姻自由，有许多小说和戏剧因此都描写女人改扮男装而创立事业、和爱人成就眷属的故事，但这些作品大都浮夸或恶俗，如《三门街》《再生缘》《笔生花》《兰花梦》等等所写的女主角都远不及祝英台的真纯可爱。莎士比亚《威尼斯商人》中那个女扮男装救助了未婚夫又戏弄了他的鲍细霞，在聪明风趣这一点上或许可和祝英台比拟，但对爱情的深挚和对封建社会宣战的勇气却不能相提并论了。

1954 年 12 月 31 日

谈《梁祝》与《铸情》

两个多月前看了英国片《铸情》，虽然这部影片不能说不好，但比我所希望的却差得多，这次看《梁祝》，则出乎意料的好。外国人看了这部电影，都说是中国的《罗密欧与朱丽叶》，如果拿电影来相比较，那么《铸情》是远远不及《梁祝》的。至于谈到故事，不能说谁好谁坏，两个都是流传很久的民间故事，歌颂了纯洁的爱情的力量，反抗着封建的黑暗势力。《铸情》因为经过莎士比亚天才的笔触，想象力更为丰富，文辞更为华赡，《梁祝》的民间气息比较浑厚。作为现代的中国人，我是更加喜欢《梁祝》。

我以为《梁祝》所反抗的是整个封建势力，这比《铸情》所反对的两家世仇更为全面，更加广泛。当然，两家世仇是封建统治的一种形式，反对了一个也就是反对了另一个，但总不及《梁祝》那样直接。《梁祝》的结局是化蝶，是反抗者在死亡中得到胜利，他们与封建势力是斗争到底，至死不屈。《铸情》的结局是蒙太古与凯布莱两族族长的携手，消灭了世仇。封建统治与反抗者至少在表面上是暂时得到了调和和妥协。

《铸情》中的悲剧的基本原因当然是封建压迫，但其中充满了偶然因素，只要有一个偶然因素不发生（例如送信的神父不因疫病而被阻，罗密欧迟几个钟头得到朱丽叶的死讯，朱丽叶在罗密欧服毒之前早一点醒来），那么这个悲剧都可以阻止。但《梁祝》的悲剧却与偶然因素无关，在祝公远心目中，贫穷的梁山伯绝不能做自己女婿。因为这是一个自始就注定了的悲剧，所以和所有反对封建的人的心灵就更为息息相通。

　　我曾说梁山伯比罗密欧好。为什么呢？我觉得梁山伯稳重、诚实、爱情专一，是中国人理想的男人。罗密欧热情、冲动、在爱情中似乎在发疯，他先为罗撒琳发疯，罗撒琳不理他，他又去为朱丽叶发疯，这种人大概是热情的意大利人的理想情人。在《梁祝》中，两个人因为志同道合，同学三年，互相钦佩了解之后才相爱，罗密欧和朱丽叶却是一见钟情，四只眼睛一相会两个人都发了狂。我不是武断这种爱情一定不好，但在中国人看来，梁祝的爱情无疑是要合理得多。

　　在莎士比亚笔下，朱丽叶的品格似乎比罗密欧要高一点，她从一个天真的小姑娘发展成为一个勇敢的女人。梁祝与之相较，我觉得似乎是祝英台的性格更为突出。当时没有女人出门读书，她竟敢女扮男装出外求学；在爱情上，女人一向处于被动，但她勇敢地托师母做媒，勇敢地向爱人表达情愫。这种事情对于现代的女性或许都不是很容易的，在从前，那是更加难了。

　　《梁祝》中的"十八相送"与《铸情》阳台上分别那一场的缠绵悱恻也各有千秋，不过中国人还是喜欢《梁祝》中那样一切表现得含蓄些。

1954 年 12 月 15 日

关于《铸情》

**罗密欧和朱丽叶一见钟情，而且相爱得如此热烈，
这种恋爱是值得赞许的吗？**

　　莎士比亚这个悲剧的基本主题是揭露中世纪封建社会对人性的残酷压制，歌颂坚贞的爱情。罗密欧和朱丽叶的故事是意大利古旧的民间传说，意大利许多故事中都曾转述过，在莎士比亚之前，英国诗人阿瑟·布鲁克写过一篇以"罗密欧和朱丽叶的悲惨故事"为题的长诗，莎士比亚是利用了过去的若干题材而写成这剧本的。在以往的作品中，整个事件发生在几个月之中，但莎氏将之凝缩为十几天。罗密欧和朱丽叶从初会到死亡只不过经过短短两个星期，戏剧进行得非常迅速急促。这种急促的节奏是这个戏的基本调子，在整个戏中到处可以看出来：朱丽叶抱怨保姆从罗密欧那里回来得太慢，朱丽叶的爸爸很迅速地决定了她的婚期，整个不幸事件的快速发展等等。这两人的一见钟情是符合于整个戏的基调的。

　　封建社会中的恋爱和我们现代的恋爱并不相同。我们现在不赞

成一见钟情，反对恋爱在相互没有了解的基础上发生，那是因为在我们这个时代中，已可能相互多了解一下之后再发生爱情。在封建社会中，婚姻由父母包办，一切由社会地位和金钱来决定。男女青年的自行一见钟情在那时是对封建婚姻的一种反抗，是一种进步的恋爱态度。我国古典文学《西厢记》中描写张君瑞一见崔莺莺而钟情，说是见了"五百年风流冤孽"，《红楼梦》中描写贾宝玉和林黛玉两人初会即种下情根，都觉得以前好像见过似的。这两部书都是反对封建婚姻制度的杰作，所持的态度和《铸情》大致类似。在当时，自由恋爱就是对封建礼教的勇敢反叛，根本还谈不上什么相互多了解一些、在认识清楚的基础上建立爱情等等问题。

罗密欧追求罗撒琳不成功而去爱朱丽叶，
这不是三心二意的浮滑态度吗？

关于这个问题，研究莎学的学者们意见很不一致。英国大诗人柯尔立治认为这是莎士比亚一种天才的安排，由于罗密欧第一次恋爱的没有价值，更显得他与朱丽叶之间爱情的宝贵。另一位大作家德拉登不同意这说法，他说罗撒琳这人物在意大利原来的传说中本来就有，哪里谈得上是莎氏的天才创作？大批评家赫兹立特说，罗撒琳这场恋爱并不是绝对必要的，第二场恋爱（和朱丽叶的）本身已经完全，即使没有第一场的衬托，也不见得有什么损失。英国近代研究莎学最有成绩的格莱维巴克（最近才逝世的）则说："莎士比亚用罗撒琳作为罗密欧的第一个恋人，并不是没有用意的。"他认为其用意在于表现罗密欧的年轻天真、感情纯洁，对这样一个不值得爱的女人也会痴心不已。

就我个人而论，我觉得戏剧中安排罗撒琳这场恋爱是好的，这显得朱丽叶的爱情更可宝贵，同时也表现了罗密欧性格的发展。开始时是一个没头没脑的小伙子，后来成为一个有价值的人。莎氏原作中罗撒琳这人物并不出现，这只是罗密欧在遇到朱丽叶之前各种胡思乱想的一个象征。罗密欧和朱丽叶本来都是很幼稚的。朱丽叶的稚气在保姆长篇的谈论中表现（莎氏剧作中在三处地方强调朱丽叶只有十四岁），罗密欧的糊涂就表现在对罗撒琳的无谓痴心上。等到罗密欧和朱丽叶相遇之后，两人的人格才在爱情中发展而成熟。影片中把罗撒琳这个人具体在银幕上表现出来，未必是对莎氏剧作很好的解释。

朱丽叶的乳母起初帮助朱丽叶和罗密欧结婚，
后来又劝朱丽叶嫁给巴里斯，这人性格不是很矛盾吗？

《铸情》中的乳母是莎士比亚的一个杰作，这个人的性格是很统一的。她好心、诙谐、慈爱，然而她的思想脱离不了当时封建社会的范畴，她认为朱丽叶应当服从父亲的命令嫁给巴里斯。连最亲信的人也背叛了她，然而，朱丽叶对罗密欧之心始终不渝，这尤其显得她的勇敢和坚贞。

罗密欧和朱丽叶是当时社会中的两个先进人物，他们四周的人都不了解他们。从戏剧开场到结束，别人的思想情感都和他们两人格格不入。开始是两个仆人猥亵的对话，连罗密欧最好的朋友莫克修也只注意"性"而嘲笑罗密欧的"爱情"。朱丽叶的父母是封建社会统治者的代表，当然漠视爱情的意义。唯一同情他们的只有劳伦斯神父，然而他的想法和他们的爱情终究距离很远。巴里斯是一个美男子，绝对不是恶棍，他对朱丽叶的心愿也是誓死不变，但他的观点是封建贵族的狭隘思想。

罗密欧与朱丽叶两个人孤零零地但是勇敢地反抗当时的封建社会，是谁真正了解和同情他们呢？那只有台下的观众。我们所以为这个戏如此深切地吸引和感动，只因为我们和这两个人的思想感情是融合一致的。

1955 年 1 月 10 日

谈《木马屠城记》

《木马屠城记》是一部好片，场面雄伟，气魄宏大，有很浓重的文艺气息。

大家知道这部影片是根据古希腊荷马的史诗《伊里亚特》改编的，但在精神上，与其说这部影片是"荷马式"的，还不如说它是"莎士比亚式"的更为接近。

荷马的《伊里亚特》

荷马是希腊古代的一位盲眼诗人，他根据希腊长期以来的民间传说，写了《伊里亚特》与《奥德赛》两部巨著。曾有人说，这两部伟大的史诗是许多人的集体创作，这问题始终争执不决，但近代的学者大都认为荷马实有其人，而这两部史诗也确是他写的，不过他是利用了过去希腊人民所长期累积的文学遗产而已。

我们看过《霸王艳后》这部影片，那是根据《奥德赛》改编的，这是《伊里亚特》的下集。在希腊语中，特洛伊城叫作伊里姆，《伊里亚特》是讲希腊人攻打特洛伊城的故事，而《奥德赛》是讲希腊诸王子之一的尤里赛斯在攻破特洛伊城后回家的故事。这两部史诗是不朽的经典，在三千年后的今天读来，雄风余烈，仍是令人不胜向往。

《伊里亚特》共分二十四卷，由一万五千六百七十三句诗句组成，这些诗句极少是描写或修饰，有百分之九十以上的诗句，每一句都是表达了重要的动作或对话，所以这部史诗虽然篇幅极长，但事件发展得很快。

《伊里亚特》的故事

《伊里亚特》的主题是希腊勇士阿喀琉斯的愤怒。诗篇开始时，特洛伊城之战已进行了十年，这首长诗并不是冗长地描写十年来战斗的经过，而只是割取其中最精彩的一段来重点表现。集中而简洁，这正是希腊艺术的要旨。

阿喀琉斯的一个女奴给希腊军统帅阿伽门农夺去了，阿喀琉斯大闹情绪，不肯出战。后来他的好朋友为特洛伊的大英雄赫克托打死了，阿喀琉斯的愤怒转向敌人身上，向赫克托挑战。在一场激烈的战斗中，赫克托被杀。这部伟大的史诗以赫克托的葬礼来结束。阿喀琉斯被射中脚踝而死，以及木马破城等事迹，《伊里亚特》中并没有直接叙述。

选美引起风潮

真正忠实于《伊里亚特》的，倒是前些时候我们所看到的那部意大利片《风流皇后》，该片如《伊里亚特》那样，同时叙述天上诸神与地下英雄们的战斗。不过那部影片拍得极糟，没有一点点荷马那种规模恢宏的气派。

特洛伊之战的起因据说是由于一个金苹果。诸神在天上开宴，忘了邀请爱丽斯，这个老太婆脾气很大，拿出一个金苹果来，上面刻着"给最美丽者"这几个字，朱诺、维纳斯和雅典娜三位女神都自以为最美丽，争执不决，于是众神之王的朱比德决定，请特洛伊王子巴里斯做"选美会总裁判"。现代的选美会弊端很多，但天神之间居然也不例外，三位女神公然向总裁判提出贿赂。朱诺答应给他权力与财富，雅典娜给他智慧，而维纳斯却答应给他天下第一美人海伦。巴里斯对美人最感兴趣，选中维纳斯。她果然帮助他拐走了希腊斯巴达的王后海伦。

落选小姐发火了

于是希腊诸王联盟去打特洛伊，天神们也分成两派，各助一边。朱诺与雅典娜当然帮希腊，维纳斯和战神马斯帮特洛伊人，大神朱比德则守中立。荷马把这些神道描写得极有人性，他们在战斗之前互相吹牛和辱骂。马斯骂雅典娜是"狗身上的苍蝇"，而朱诺则骂迪亚娜是一只母狗。后来朱比德准备使特洛伊人得胜，他妻子朱诺大为着急，于是拼命打扮，向丈夫献媚。朱比德神魂颠倒之余，坦白出来，说妻子胜过他七个秘密情妇，结果他也不去帮特洛伊人，最后是希腊人得胜。

所以，在荷马笔下，特洛伊之战是一场"选美风潮的余波"，不过落选的小姐们不是开记者招待会表示愤慨，而是叫人去殴打选美会的总裁判。

海伦是天下第一美人，但荷马只用简短的几句话来描写她的绝世美艳，那是在这部史诗的第三卷里。她到特洛伊城头去看丈夫曼纳劳斯和情郎巴里斯的角斗。她对丈夫、故乡以及在希腊的父母很是怀念，原作中说："这样，女神使她的心渴念着彼方的丈夫、她的城邦、她的父亲和母亲。于是她立刻用一块白纱罩在脸上，流了一滴大大的泪珠，从她的闺房中走了出来。"当坐在城头观战的特洛伊父老们见到她时，互相窃窃私语："特洛伊人和穿了甲胄的希腊人，为这样一个女人而受苦多年，实在不足为异。真怪，她的脸就像某个不朽的神灵。"

就这样几句话，激发了后人无限的想象。

海伦为什么不重要

在荷马笔下，海伦并不是一个重要人物。事实上，她虽然是战争的导火线，但绝不是真正的原因，这一点在影片中叙述得很清楚。希腊人所以去攻打特洛伊，主要是为了争夺海上的霸权和劫掠特洛伊的财富，动机完全在于经济，夺回海伦只不过是一个借口罢了。那时是奴隶社会，女人在社会上是没有地位的。阿喀琉斯为了一个漂亮的女奴而大发脾气，成为全书的中心事件，然而那女奴是没有名字的。海伦虽然是王后，她的真正地位可并不比那女奴高多少。有人说："她丈夫为什么还要这个背节的女人？"又有人说："她为什么不为巴里斯而自杀？"其实在当时这些王子贵族心中，海伦并没有自己的人格，她只是一件宝贵的货物，被大家抢来抢去而已。

赫克托夫妇

荷马真正着力描写的女人，是赫克托的妻子安杜玛契，她是《伊里亚特》的真正女主角。

我们在影片中看到她抱了幼子而和正要上战场的丈夫告别，赫克托英雄情长，儿女气短的感情，被描写得十分感人。安杜玛契替丈夫准备了热水，等他战胜了强敌回来沐浴，还给他做了一件绣花的新袍，然而他永不回来了。在影片中，赫克托抱住孩子，孩子害怕他的盔甲，赫克托说："但愿你生在一个和平的世代，不必再见到这种战争的东西。"可见这位英雄实在是憎恨战争的。

惊心动魄的大战

希腊人与特洛伊人大战的高潮是阿喀琉斯与赫克托的决战。

赫克托站在特洛伊城外，他父亲特洛伊王看见阿喀琉斯冲出来了，叫儿子进城，但儿子不听。双方的大英雄面对面地交战了。

天上的诸神也大为忙碌，讨论应该由谁得胜。赫克托初战失利，绕着特洛伊城奔逃，阿喀琉斯紧紧追赶，绕到第三圈时，众神之王朱比德拿出一个金的天平来，放上双方战士的命运，赫克托的沉下去了，他注定要死亡。

那位选美失败的雅典娜大为高兴，她从天上下去，变作赫克托的弟弟戴夫勃斯，假装相助。赫克托精神大振，回身再斗。阿喀琉斯一矛投来，赫克托头一低，长矛从头顶飞过，雅典娜使用隐身法，把矛交还阿喀琉斯。赫克托一矛掷去没中，他转身向弟弟要矛，弟弟却不见了。赫克托想到，原来这是天神欺骗了他，他注定要死了，然而他挺然不惧，拔刀上前，阿喀琉斯一矛刺中了他的颈项。

阿喀琉斯把死了的敌人缚在车后，绕特洛伊城一周。安杜玛契在城头看见丈夫的尸身给人这样虐待，登时晕倒在地，从新婚那天起一直戴着的饰物也掉下来了。等她醒来时，说的话实在使人心酸："啊，赫克托，我俩生得这么不幸。你苦，我更苦！但愿我从来没生在这世上过。"后来特洛伊城破之后，她的幼子又被希腊人所杀。城破之时，在兵戈喧嚷之中，人们可以听到"一个女人悲泣的远远的回声"。

电影把两人的决战也描写得十分惨酷激烈。只是饰赫克托那人身材太瘦，不够大将风度。

莎士比亚的作品

莎士比亚有一部剧作叫作《特洛阿斯和克蕾西达》，也是描写希腊攻打特洛伊城的故事。这位大诗人写这部剧作时心中充满了如火的愤慨，他痛骂希腊诸王子的狡诈不义，巴里斯与海伦的无耻贪欲，克蕾西达的背叛爱情。在他笔下，赫克托仍是慷慨仁义的大丈夫，他在决战中打了无数胜仗，脱下甲胄休息一会儿，阿喀琉斯忽然出现，乘他不备，卑鄙地将他一矛刺死。

荷马把希腊诸王写成英雄，而莎士比亚把他们写成恶徒。在这部影片中，希腊诸王的形象是依着莎士比亚的意念出现的。

影片对巴里斯很是同情，这种同情，他在以前任何文学作品中都没有得到过。

本片编与导都很成功，演员则比较弱。导演表现得最好的是战斗的大场面与木马的出现。希腊人千艘舳舻来攻，影片中以远处无数火光来表示，这是极聪明的手法，既省钱，声势又雄伟之至。

影片反对战争，向往和平生活，在这古典的故事中突出表现这个主题，很有意义。

在 1910 年时，意大利拍过一部默片《特洛伊城之陷落》，轰动一时，是意大利第一部在美国放映的影片，当时认为场面异常巨大——临时演员八百人，木马高达十二英尺。现在看来，当然是不足道了。

1965 年 2 月 23 日

谈《战争与和平》

　　我收到了七八封读者们写来讨论这部影片的信，这些信中表示了截然相反的评价。有的说："我自看电影以来，从来没见过这样好的影片。"但也有人说："这部虚有其表的巨片，比拿破仑逃出莫斯科还要失败得厉害。"朋友中大多数是称赞它的，但也有人认为它十分糟糕和莫名其妙。再看看外国电影杂志上的意见，虽然极大多数是赞扬，但也有人对它批评得相当激烈。显然，意见分歧很大。

　　我把这部小说重新翻阅了一遍。高植先生的中译本一共有两千三百九十四页，虽然不是详细地阅读，也得花好几天工夫。我又去看了一遍电影。在这里，我想就一些问题谈谈我的意见。关于托尔斯泰的世界观与作品之间的矛盾和统一问题，自从文艺界对胡风事件展开批评以来，到今天还在热烈地讨论。这不是一个简单的问题，而要评论这部电影，又不能不接触到这个基本的关键。所以，我的看法一定有肤浅与片面的地方，希望读者予以指正。

"改编这部小说的主要困难在什么地方？"

英国当代著名的小说家毛姆说："《战争与和平》当然是所有小说中最伟大的。写这部小说的，必得是一个智力极高而想象异常有力的人，一个对世界有广泛的经验、而对人性有敏锐之洞察力的人。在此以前，从来没有一部小说有如此巨大的规模、处理如此意义重大的一个历史时期、而有如此众多的人物；我猜想，以后也不会再有。或许会有也是很伟大的小说，但不会有这样子的伟大。"在这部小说初出版时，俄国当时著名的批评家史特拉克霍夫这样概括地说："人类生活的全景。当时俄罗斯的全景。所谓历史与人民之斗争的全景。一切人民在其中找到幸福与伟大、悲哀与屈辱的东西的全景。这就是《战争与和平》。"

书中描写了五百多个人物，从皇帝一直写到小偷的心理，将军、贵族、荡妇、少女、商人、农奴……无所不包。这样一部巨作要改编为电影，或许是电影史上一个前所未有的巨大工程。而更加困难的是，不仅原作规模巨大，还由于它的内容具有异常的深度，不仅它写的是一个混乱的时代，而更由于原作本身，也是具有若干矛盾与混乱。

"作品中为什么有许多混乱而令人感到迷惘的地方？"

托尔斯泰是一个伟大的人道主义者。他热爱祖国、热爱人民，对受苦的农民有深厚的爱与同情。他对当政者的虚伪与残暴极为愤慨。但另一方面，他是一个贵族，而且颇为自己伯爵的头衔自傲。他设法改善农民的生活，但同时他又置买田地，扩大产业。他一直在寻求上帝，相信历史是命运安排的。他主张不要对罪恶与暴力抵抗。一直到晚年、到逝世，他的精神与思想始终是不安定的。似乎相信了某种主张，可是始终没有彻底地去实行。这位伟大的艺术家整个生命是一个悲剧，最后，以八十多岁的高龄，逃离家庭而死在外面，临死时不断叫着："逃啊！逃啊！"他进步的与反动的两种思想，都在若干程度上反映在《战争与和平》之中，因此不免有许多地方是互相矛盾的。但显然，进步的思想是占了压倒性的比重。这部小说所以有重大的价值，原因就在这里。

"既然以人民抗战为重点，为什么贵族的家庭生活与爱情占了这许多篇幅？"

托尔斯泰起初写这部小说，只是想写1856年时的"十二月党人"，但为了解释书中人物（先进的贵族）思想性格的成长，终于把时代一次一次地推前，一直推到了1805年，而以1812年的大战作为高潮。他最初的目标只是描写几个贵族家庭的生活，但当他忠实地叙述这次大战时，他收不住笔了，不得不把在这次战争中起决定作用的普通人民广泛地光辉地加了进去。主角是贵族，因为托尔斯泰认为，俄罗斯社会的精华与基干，是爱国、有文化、有思想的贵族。

"小说主要的优点与缺点是什么？"

在描写战争时，他着重地叙述了俄国人民的英勇精神，在大敌当前时一致起来杀敌。他绘出了元帅、贵族、商人、农民、游击队员等各种各样人在战争中的表现。在描写和平时，他对上层贵族的腐化生活做了有力的讽刺，谴责他们对国家的大难临头漠不关心。他刻画了整个社会的动态，真实地反映了那个危难的时代中各种勇敢的人、可爱的人、卑鄙的人的面貌与内心世界，生动地叙述了保卫祖国的人民的胜利、侵略者的败亡。

然而书中也有一些与主要部分不统一的地方。例如那个乐天安命、不反抗一切的农民卡拉他耶夫。托尔斯泰把他当成是真理的化身。这个农民主张爱敌人、顺从暴力、不反抗不公平与不正义。很明显，这个人物与全书的主题很不调和。在全民一致的热烈抗战之中，这个消极人物绝不值得歌颂。但整个看来，这种"不抵抗思想"在书中占的地位不是极不重要的。

"电影改编得好不好？"

第一，原作是这样巨大，改成电影而有所删节，无人会表示反对。第二，电影是十分地忠于原作，主要的场面、情节、对话，都是从原作中原封不动地移过来的。改编者对托尔斯泰十分尊重。有些场戏中的布景，也是根据原作中所描写的细节而布置的。我觉得改编者做了极大的努力，在竭其所能地要把原作显现在观众面前。他们的真诚与谨慎极可称道。然而我们仍然有不足之感，我想主要原因是在艺术才能与观点上。

把小说改成电影，单单做到不歪曲原作是不够的。苏联女小说家尼古拉耶娃的《收获》曾轰动一时，然而她自己根据自己的小说而写的电影剧本，大家却认为并不怎样成功。为什么呢？因为电影是一种与小说截然不同的艺术形式，在小说中好的，在电影中未必一定也好。最好的改编，除了保持原作的主要情节与人物性格之外，可以删除，也可以增添，但最最重要的，是要在电影中表达原作的精神。

《战争与和平》的主要精神是俄国人民对抗拿破仑的侵略，那么影片就应该环绕这个中心环节而展开。一切人物的思想、行动、性格的发展，都必须与这主要精神相关。小说可以详细而缓慢地分析彼埃尔的心理发展，可以描写娜塔霞的感情变化，但电影不能享受这种奢侈。一切无直接关系的都应当删除，应当把最主要的重点地显示出来。

娜塔霞当然可以恋爱，但这恋爱必须与影片的主题有关。影片中的处理，不免使人觉得两者不是密切地结合在一起的。影片把书中的事件一段段地忠实地演出来，由于篇幅的限制，许多部分不得不略去。这就丧失了原作中的平衡。事实上，应当根据原作的主旨而创造新的平衡。改编者拘泥于表面的形式上的忠实，以致前半部显得松懈，戏剧性不够。因为把极大部分的篇幅用来描写贵族们的恋爱，人民与普通士兵所起的作用就表现得极不充分，托尔斯泰这部作品所以伟大，主要不是在恋爱与心理的描写，而是对人民群众在历史上所起作用的歌颂。既然极少改动地保留了前者，那就不可避免地减少了后者。

可以说：本片在改编上的缺点是，过于忠实原作，以致变成了不够忠实。

"理想的改编应该是怎样？"

据我个人的意见，合于理想的改编，应当是抽取这部巨作中的精华，重新编整，融化为一个戏剧性很强的完整故事。凡是娜塔霞、彼埃尔、安德雷等人的恋爱、激动、思想转变等等，都要与拿破仑侵入莫斯科及败退这件大事有密切联系。如果没有明显关系的情节，即使是非常精彩，也应该毫不可惜地删去，以免头绪纷繁。随便举一个

例子:

托尔斯泰描写彼埃尔的妻子爱伦和爱伦的哥哥安那托尔,把他们当成是俄国上层腐化贵族的代表,用以反衬一般人民的坚苦与英勇。电影中把这两个人单纯表现为对爱情不忠、行为放荡的角色,显然是没有把握到作者深刻的社会意义。原作中爱伦的客厅是宫廷贵族们的集中地,当法军攻进了国境的时候,这些人还是满口法国话,说法国人如何有文化、拿破仑如何伟大等等。用电影来表现对比是最容易也是最有力的。如果在描写这群无聊腐化的人之后接着描写战场上的惨况,描写商人怎样放火烧掉自己的商店以免资敌,街头人民怎样与法国人打架,伤兵们如何愤慨,工人群众怎样打死卖国贼奸细,等等,再描写朝臣们怎样勾心斗角,爱伦等这些人怎样穷奢极欲地饮宴跳舞、怎样在豪华的戏院中看法国戏,等等(这些全是原作中所有的),那就很清楚地表达了原作的精神,爱伦这个美女在电影中就发生重要作用。

"安德雷与彼埃尔这两个人表示什么?"

有些批评家指出,这两个人代表着托尔斯泰自己的两个方面,他性格中两个互相矛盾的方面。安德雷头脑清醒,意志坚强,有非凡的天赋智慧,漂亮而精明强悍,为了权力与荣誉紧张地行动。他极能自制,内心热情充沛。不过他也有贵族的傲慢和固执。彼埃尔和他截然不同,他是肥大而难看,行动笨拙,精神散漫,好脾气,意志薄弱,常常走到道德堕落的地步(生了个私生子),但在清醒之后,集中了精力去探索人生的意义。他热衷于宗教,后来又全盘地接受了宿命论与不抵抗主义,最后接近十二月党人的思想。他动荡不定的精神反映出他是在努力追求真理，然而没有获得确定的结果，这正是托尔斯泰本身的经历。

两个人都爱国，与腐朽贵族的生活不能调和；都是站在地主的立场而试图改善农奴的生活，然而没有成功。两个人是纯洁而崇高的人，相互间有很好的友谊，而且，两个人都爱着娜塔霞。

"娜塔霞是怎样一个人？"

托尔斯泰的夫人在结婚以前曾写过一部小说，主角是她自己与她妹妹塔妮亚。她把书中的塔妮亚改名为娜塔霞。托尔斯泰后来写《战争与和平》，娜塔霞就是以塔妮亚为模特儿的，这是托尔斯泰写得最生动的女性。一般说来，少女的个性并没有充分发展，除了描写她的天真活泼之外，很难做深刻的刻画。然而娜塔霞不但温柔甜蜜，而且心地良善、感觉敏锐，有时孩子气，有时又有母性的慈爱。最主要的，她是一个纯朴的俄罗斯姑娘，她热爱俄罗斯人民、爱大自然、爱祖国的文化，对于上层贵族社会的法国化完全不能接受。

柯德莉夏萍演这角色确实很动人，她把娜塔霞演得很可爱，同时有强烈的个性。

有人对于她爱情的不稳定不能理解。为什么她忽然爱上那个花花公子安那托尔呢？这不是她性格中的一个大缺点吗？在原作中，娜塔霞在做小姑娘的时候还有一个小情人保理斯，而她与彼埃尔结婚后，变成了一个啰嗦、相当庸俗、只注意儿女、常常没来由地妒忌的妇人。我觉得这是托尔斯泰忠于生活的描写，是他艺术上伟大与深刻的地方（王智量先生在发表于《文学研究集刊》上的文章中认为，这是由于托尔斯泰轻视女性的反动思想作祟，我不同意这样的看法）。在那个时代，一个可爱的少女与地主贵族结婚之后，极可能慢慢变为庸俗而没有光彩，这是真实的生活。同样的，当她在性格还不稳定的时候，也可能受坏人的欺骗，这也是真实的生活。不过电影没有那样多的篇幅来详细描写她性格的成长发展，来刻画她的心理过程，不提她的将来是好的，不提她小时候的保理斯也是好的，甚至，安那托尔引诱她私奔的情节虽然重要，但因为电影要处理的事情太多，我想这个情节也还是删去了的好。因为说了这个事件而不去表现前后各种微妙曲折的关系，就无可避免地损害了娜塔霞的性格。

"拿破仑和库图索夫"

托尔斯泰认为，历史是由命运决定而不是由人决定的，在大会战中，法俄双方总司令所有的命令根本都没有被执行。他认为拿破仑愚而自用，库图索夫相当的老朽而无能为力。但另一方面，他又描写库图索夫怎样鼓舞着军队的士气，指出战争的胜负不是决定于军力、武器、阵地，而是决定于士气。因为法军军心不振，而俄国举国一致地要决一死战，终于拿破仑被打败了。电影根据托尔斯泰的理论而描写这两个统帅，以致拿破仑固然骄横庸愚，库图索夫也没有显出他英明决策、忍辱负重的一面。原作中有一个场面是写得极好的：拿破仑趾高气扬地发号施令，而库图索夫却在简朴的农舍中召集将领开会。一个六岁的农家女孩在火炉边望着他们争辩，她同情"爷爷"（库图索夫）而反对"长袍子"（一个贵族将军），因为"爷爷"曾慈爱地给了她一块糖。撤出莫斯科的讨论通过这小女孩的眼睛而展示出来，显得十分的动人。电影中仍旧有那女孩，但丝毫不起作用，没有让观众接触到库图索夫性格中那种深厚、纯朴，和农民十分接近的性格。

"战争场面"

电影的战争场面十分巨大，波罗既诺之战中法国骑兵的冲锋尤其辉煌，渡口法军的拥挤也表现得令人惊心。主要的缺陷是没有表现双方士气的对比。如果国泰戏院重映一下苏联片《大败拿破仑》，其中的战争场面不论规模、战斗的激烈程度，对战争解释的正确等等，都胜过本片。观众们可以拿来对比参考一下。

"总的评价怎样？"

尽管指出了不少缺点，但我仍旧以为这是一部相当好的影片，与西欧与美国一般影片相比，甚至可以说是极好的。它很忠实于原著，虽然改编得不十分理想，然而与托尔斯泰原著是相当接近的。它显得有点混乱，但俄国人民英勇抗战以击败侵略者的史事，还是在银幕上颇为动人地、大规模地表现出来。

导演处理得很平稳，虽然，有些场面没有得到应有的发展而突然中止了，毛病就在于只求根据原作而造成了电影艺术上的缺陷。摄影精彩，彼埃尔与人决斗那一场景，尤其是杰作。

除了夏萍外，亨利方达也是很好的。夏萍在大战之后没有什么改变，这是一个缺点，在原作，彼埃尔在战后与她相遇时根本不认识她了（这更有戏剧性，更表现了战争对人的影响）。米路花拉似乎缺少了一点光彩。

1957 年 3 月 19 日

《无比敌》有什么意义？

在本届世界运动会里，苏联长跑选手库兹大出风头，连得了一万米与五千米的两项冠军，把和他竞争的人全都远远地抛在后面。因为影片《无比敌》正在这时候上映，这里有些报纸就送了他一个绰号叫作"无比敌"。

凡是看了这部影片而愿意思索一下的人，一定会想到这个问题，《无比敌》到底是什么意义？它象征什么？这影片的主题是什么？

影片是根据美国小说家赫尔曼·麦尔维尔的同名小说（一译《白鲸》）拍摄的，除了一些必要的删节之外，可说是相当地忠于原著。这部小说在世界文学中地位很高，在美国，尤其是数一数二之作。英国当代著名小说家毛姆在列举古往今来十部他认为最伟大的小说时，把《无比敌》与托尔斯泰的《战争与和平》、巴尔扎克的《高列奥老爹》、狄更斯的《块肉余生述》等九大巨作并列，美国人选的小说只此一部而已。当然，毛姆如此极度推崇未必一定正确，但这部小说是巨作，那是不容怀疑的。

故事是说一个捕鲸船的船长亚海勃找大白鲸无比敌复仇的经过，

他曾被这条白鲸弄得遍体鳞伤，还失去了一条腿。因此他如痴如狂地追踪这头山一般的白色鲸鱼，他这种疯狂的复仇欲望传染给了全船的水手，终于造成了一个大悲剧；捕鲸船被无比敌掀覆，船长与全体水手葬身海底，只逃出了一个人来叙述这惊心动魄的故事。

这故事说的到底是什么？一百多年来（小说作于1850年）曾有许许多多批评家予以解释。纽敦·亚尔文认为，船长这条鲸骨做的假腿，是象征男性的心雄志大而身体上的无能为力，无比敌则是象征"专制的父母"，船长的憎恨是人类潜意识中对父亲权威的反抗；那是弗洛伊德派的文艺心理学解释。艾勒里·赛德维克说船长亚海勃是象征人类，虔诚、热心的人类，无比敌则是象征宇宙间的大秘密；亚海勃追逐无比敌，那就是人类孜孜不倦地探索天地之间的奥秘。刘易士·孟福德则认为无比敌是恶的化身，亚海勃与它的冲突是善恶之争，结果成为"善败恶胜"的大悲剧。

此外还有许多不同的说法。

毛姆反对所有的象征说法。他认为《无比敌》只是一部动人的小说，作者根本不准备提出什么主题与教条，一切解释都是牵强附会。要说到象征，那么说无比敌象征"恶"固然可以，说他象征"善"未尝不说得通？无比敌在大海中自由自在地遨游，那个疯狂残忍的船长不舍昼夜地去追逐它，船长才代表"罪恶"。所以，看这部小说，只要当它是一件使人赏心悦目的精彩艺术品，不必去探求其中的意义。

对于我们，这样形式主义地、唯美主义地看一部文学名作，显然是不够的。我们一定会想：如果这真是一部杰作，它一定是有意义的，绝不可能只是叙述一个冒险故事而已。或许，作者的目的只在动人地说一个故事，但作品仍旧是代表着一种不朽的意义。

《无比敌》这部书很难读，我以为是毛姆所举十部小说中最难读的。作者有意识地用一种十七世纪的英文来写，把 building 说成是 edifice，他不说 near 而说 in the vicinity，不说 show 而说 evince，等等，有时一个句子长达一页。看这部小说真得硬着点儿头皮，但它动人的地方也真精彩绝伦（例如描写遭遇鲸群那一章）。据我想，说它是"世界十大之一"，未免过分夸张，我国的《水浒》《红楼梦》至少就比它伟大，但读了之后，不自禁地觉得这确是杰作。这部书尚无中文译本，听说周煦良先生正在翻译。

麦尔维尔小时候父亲经商破产，他只得去做小店员，后来在捕鲸船当水手，虽然活到了七十二岁的高龄，但一生郁郁不得志。文学作品总是或多或少地反映作者的环境与心理状态。麦尔维尔由于接连的失望与挫折，对于社会与周围的人怀着一种愤激之情。在这部小说中，他不知不觉把一种极度愤慨与拼命以赴的精神生动地描写了出来。如说在船长亚海勃身上，我们看到了作者的影子（正如在贾宝玉身上看到曹雪芹，而贾宝玉并不等于曹雪芹），那或许比任何"象征的寓言"更接近于真实吧？

《无比敌》有什么好处?

有两位学生读者来信和我谈到《无比敌》的意义,他们都说只看了电影而没有看小说,觉得影片并没有什么了不起。如果电影确是没有把小说改动多少,那么赫尔曼·麦尔维尔这部小说有什么资格列为"世界十大小说"之一呢?这是一个有意义的问题。据我想,那是因为电影用了小说的情节,然而忽略了小说的精神。如果电影的情节完全依照原著,而原著中的主要精神却没有好好表现出来,这绝不是一种优秀的改编。《无比敌》的故事十分简单,要是不深入到小说主角船长亚海勃灵魂的深处,那么把这个海上的冒险故事不论说得如何动人,都不见会有太大的艺术意义。

麦尔维尔的一生很是不幸。在他年纪很小的时候,他父亲就破产了,他只得去跟人做学徒,投靠亲戚,后来在捕鲸船上工作,曾两度流落在太平洋小岛的吃人部落中间。他把这些经历写成了两部小说《泰比》和《奥摩》,不久就和马萨诸塞州的大法官萧氏的女儿结婚。他经济情况从来没有好过,在美国这社会中始终郁郁不得志,从他的传记中看来,他的一生主要是靠岳父的津贴与遗产、妻子的私蓄与妻舅的遗赠过日子的。最后他在港口的海关上做检查员，每日的工资是四元，一位大作家的日子完全在检查烟草与货物的生涯中度过，这样一直做了二十年。他著作的版税每年很少有超过一百元的时候。他没有什么知心的朋友，与妻子的感情也只平平。他的大儿子在十八岁那年用手枪自杀，二儿子突然离家，死在外面，我们不知道那是为了什么原因，但他的家庭生活很是悲惨，那是可以想象得到的。

《无比敌》是他在三十二岁那年写的，此后一连串不幸的日子他还没有遇上，然而这世界对他已经很是残酷。他从小受宗教的熏陶，但逐渐逐渐，他对上帝与善恶的道理起了怀疑。为什么命运这样残酷？为什么世界上的事情与《圣经》中所说的是这么大不相同？美国的大小说家霍桑（《红字》的作者）是麦尔维尔较好的朋友，曾这样描写他："他不能够信仰，而他对自己的不能信仰又感觉不安；他为人是太忠实而勇敢了，以至既不能信仰，又不能安于自己的不信。"这几句话很好地描写出了这个人的精神状态，他对社会、对世界、对整个人生和宇宙组织都感到极度苦闷。

在剧烈的痛苦之中，迸发了强烈的反叛。他非常感人地描绘了船长亚海勃的灵魂，这是一个叛逆的灵魂，心灵的深处充满着憎恨与反抗。小说中的亚海勃船长这样说："囚犯如果不打破监狱的墙壁，他怎么能出去？对于我，这头白鲸就是狱墙，紧紧地把我压制着……它困扰我；它折磨我；我知道它有一种狂暴的力量，一种不可思议的恶毒力量。我憎恨的主要就是这种不可思议的东西……如果太阳侮辱我，我就要打击太阳，不要对我说这是亵渎，兄弟们。因为如果太阳能这样做，那我也就能那样做；这是很公平的，一切事物之中充满了相互的嫉妒。"

这不是强烈的愤世嫉俗的呼声么？

麦尔维尔这部作品结构上颇有缺点，在小说中故意卖弄学问，夹杂了许多关于海洋与鲸鱼等等的议论和历史，文体也并不纯净，他自己也不大知道这作品的主题应该是什么，然而他写了一个动人的故事，尤其重要的，是他描写了船长亚海勃这个深刻的叛逆的灵魂。这位船长由于憎恨与复仇欲而变成了接近疯狂，然而我们在读这本书的时候，不自禁地佩服他、同情他，就如他船中所有的船员一样。

　　毛姆拿这部小说来与希腊悲剧与莎士比亚的剧作相比。亚海勃的悲剧，在规模与深度上，确是可与俄狄浦斯、李尔王、奥赛罗这些人的悲剧相比拟，他们和命运奋战，但终于遭到毁灭。只是《无比敌》这小说中描写的不是人类生活中一种真实的现象，白鲸只是一种虚幻的东西，因之艺术力量不免受到损害。

　　格里高利·派克丝毫没演出亚海勃船长的心灵，他没有使我们感染到故事中的悲剧力量，那种一个巨大的心灵被残酷命运所压服的悲剧——他只使我们感到迷惘和混乱！

从《小梅的梦》谈起

我国与苏联的有些卡通片与木偶片，常常令人觉得教育意义是很强的，意思很好，可是总感到想象力不够丰富，在看的时候，不大有奇趣横生之感。但这部木偶片《小梅的梦》，编剧者的想象力却很强，常常有令人意料不到的神来之笔。例如小木头人的脚坏了，用两块三角板做撑脚的拐杖，它用一块布做降落伞而跳在水缸里，用撑杆跳高法跳上相架，等等，都是很新奇有趣的想法。童话片如果拍得平平板板，尽管意思很好，我想总不能说是上乘之作。这部木偶片中间的一大段我以为是很成功的，尤其是飞入画中的一段，更是充满民族风格的想象。

匈牙利著名作家贝拉·巴拉兹写过一部《电影理论——一种新艺术的性质与长成》的书，这书有英文译本，其中有许多精辟的独到之见。他在谈到观众与电影中事件相结合的时候曾说，从古希腊一直到现代，欧美人总是认为艺术品与观众之间有一道不可逾越的距离，但中国人却常常不是这样。他举了两个故事：一个中国画家画了一幅山水画，对画中景物越来越着迷，最后终于走进画中而消失了；又有一个中国读书人看一幅画，爱上了画中的一个美丽少女，后来就走入画中和那少女结了婚，等他走出画后，画中少女的手臂里多了一个婴儿。

我国这种传说多得很，所谓"画里真真"，已成为一句成语。不但人可以走进画里，画里的人物还可以走到现实世界上来，如壁上画的龙点上眼睛就会破壁飞去，如画上的钟馗能仗剑捉鬼，如门上画的神荼郁垒能驱赶邪魔等等。《小梅的梦》中那个小木头人儿坐了飞机飞进画中，确是很美的中国式想法。

相形之下，影片头上那一部分真人的演戏，反而似乎不如木偶那么真实自然。例如小梅问那卖玩偶的老人道："老伯伯，我可以买这个么？"我想小孩子是不会这样问的，或者是拿住了玩偶不忍释手，或者说："妈，我要这个！"我另外还有一个意见，觉得影片的结束并不是最理想的。这部影片的主题是"爱护玩具"，那是一个极好的主题。要是童话大王安徒生来写这个主题，他会怎样写呢？我想他大概不会要玩具们排成"爱护玩具"四个大字，也不会要玩具们合唱一曲来教训小梅。或许，他会描写玩具们被虐待的痛苦，来强烈地激起小梅的忏悔；或许，他会描写玩具们在困境中勇敢地挣扎，使小梅产生必须帮助它们的同情心。当然这只是我的瞎猜，但安徒生描写小锡兵的苦恼，描写玩偶们的内心世界，是如何的感动人啊！我一直以为，任何优美的艺术作品，主要的总是在感动人而不是在说服人！同样的，在同时放映的《新局长到来之前》那部影片里，小苏为了水泥要受雨水淋湿而难过得要哭，这使人强烈地憎恨那个吹牛拍马的牛科长，而最后张局长指着人教训一番（从镜头的角度和语气看来，显然就是在教训观众，使人颇不舒服），反而没有这个效果。

前几天看到消息，说"上影"又拍了几部有趣的木偶片，其中《胖嫂回娘家》《金耳环与铁锄头》是彩色的，我们很希望能早些看到。一本电影杂志中特别提到一部木偶片《三个邻居》在拍摄时所遭遇到的困难。困难在于要拍一股浓烟的袅袅上升。要知道，拍木偶片是拍一格停一停的，把木偶的身体拨动一下，再拍一格，而袅袅上升的黑烟，谁也没法一格一格地控制它。工作人员感到极大的困难，试用了许多办法，一共拍了四次，结果总是不成。最后他们去请教老技师万古蟾先生，万先生灵机一动，想出了一个妙法，使这段"冒烟"拍得十分成功。

万氏四兄弟（籁鸣、古蟾、超尘、涤寰）是中国卡通片的创始人。籁鸣、古蟾两位是孪生兄弟，相貌一模一样，以前同在香港长城电影公司主持美术工作。有一次我和大万先生讨论《绝代佳人》影片的布景，谈了几个钟头，到下午又谈，他竟完全不接头，后来才弄清楚原来他是二万先生。凡是认识他两兄弟的，大概没一个不曾有过这种经验。

快乐和庄严

——法国影人谈中国人

前天中午一位朋友请吃饭，座上有法国的电影制片人亚历山大·慕努舒金先生、法国电影协会的代表加劳先生等人。他们刚从北京参加了法国电影周，要经过香港回国去。

慕努舒金身材高高的，很有艺术家风度。加劳给人的印象则是十分的干练与诚恳。他们首先谈到的就是这里许多右派报纸歪曲报道了他们的谈话，慕努舒金说："中国给我的招待好极了，真是说不出地感谢。"接连不断的宴会与参观不必说了，他特别举了一个特有的例子：他申请到中国去，为了简化手续，我国外交机关通知他，只要把姓名和护照号码打个电报去就是了，用不到护照签证，用不到照片，更用不到打指模（像美国移民局所规定的那样），这种对外国客人的绝对信任与尊重，使他们非常满意。

慕努舒金说："中国很美，但中国人尤其动人。"他印象最深刻的是中国人的快乐与内心感到的尊严，使人不自禁地分享到这份愉快和稳定的感觉。他觉得，中国人对自己的国家、文化和将来的生活，充满了强烈的信心，然而一点没有嚣张和浮夸。他说来香港之前的一天，曾有一次印象极深刻的经验：他到广州中山公园去散步，见到每一个人都是那么宁静和安详，这在欧美任何大都市中都是见不到的。他到过四五个其他的新民主主义国家，他觉得最快乐的似乎是中国人，他说这绝不是对中国人客气的恭维，他在捷克、民主德国等国家也曾直率地说过。加劳说，这大概因为在捷克、德国这些国家，人民从前的生活程度就很高，与英法差不多，革命后的改进不像中国那么惊人的显著。慕努舒金说得不错，他1921年到中国时，看到的情形与今日中国真是不可同日而语。

加劳今年2月间到过北京，这次是第二次去。他说，他今年春天见到的印象太好，只怕自己个人有偏见而看错了，但这次有两位朋友在一起，大家意见一致，他才相信事实的确是这样。

慕努舒金先生是《勇士的奇遇》(港译《肉阵飞龙》)、《倾国倾城欲海花》、《四海一心》等片的制片人，他谈到中国电影时说，他刚到香港时发表的意见，被某些记者先生们做了错误的引述，不过他们不了解电影的专门技术，误解也是难怪。接着他在技术上做了分析，他说得很坦白、很诚恳，他认为中国电影在技术上有两个缺点。第一是录音，只做到清晰而没有气氛。在《四海一心》中，共有九百五十种声音，用以表示环境的气息，但在一般中国电影中，主要只听到演员们在麦克风前讲话。

这一点我想他说得不错。他说的第二个缺点是关于蒙太奇的，他认为中国电影对剪接不够注意。《勇士的奇遇》一共有一千二百五十个镜头，有些镜头只有五十厘米长，但中国电影的镜头一般拖得很长。我们对他说，在艺术上，镜头的短促的确容易造成蒙太奇的效果，但中国电影的主要观众是农民，他们极大多数是以前从来没有看过电影的，电影手法的过分花哨和复杂会使他们感到困难。他想了一下，认为在社会意义上，这点确是也应当考虑到的。

　　这是一次很愉快的谈话，大家交换了意见，还谈到将来合作的计划。有人向石慧开玩笑说："怎么他老是说夏梦，不说石慧呢？"大家都笑了，因为在法文中表示"动人、可爱"等意思的 charmant，声音就像在叫"夏梦"，几位法国先生在谈话中大赞中国与中国人，所以不断听到"夏梦、夏梦"之声。

第三辑　论艺

永恒神秘的微笑

昨天收到朋友寄来的一张圣诞卡，封面上印的是那张号称"全世界最著名的画"《蒙娜丽莎》。这张画因为看到的次数实在太多了，这次再看到对于画中那所谓"永恒神秘的微笑"，似乎已没有什么奇特的感觉。一位学画的朋友前几年曾到巴黎游览，当然要到卢浮宫去细细欣赏这幅名画。据他说，他一共去看了三次，每一次都觉得画中那个蒙娜丽莎的表情和上一次有些不同。

画中的人物能改变表情，事实上当然是不可能的，但这幅画确实能给人一种奇异的印象。最显著的，是画中人好像是活的。因为非常像真人，于是她似乎张着眼睛在瞧我们，似乎她有她的思想感情，似乎她的表情在不断改变。一个活生生的人，表情当然是会改变的。即使在这幅画的复制品之中，我们也会经历到这种感觉。有时候她好像在嘲笑我们，有时候她的微笑之中好像带着深刻的哀愁。

达·芬奇为什么能达成这惊人的成就？比较合理的解释似乎是这样：就像世界上一切伟大的艺术作品一样，这幅画以极高明的手法来表现了生活与真实，因而使人产生了强烈的印象。

千百年来，无数伟大的画家们努力寻求各种各样有力地表现形象的手段，也各有各的成就。达·芬奇在这幅画中所用的方法之一，是"含蓄"，是意犹未尽，是让观画者有一个思索想象的余地。他所采用的一种画法，意大利画家们称为"隐晕法"（Sfumato），即轮廓并不非常分明，一种色彩和另一种色彩并不截然分开，微微有一点朦胧的感觉。在《蒙娜丽莎》这幅画中，达·芬奇非常细致地造成了这个效果。大概连十多岁的孩子都知道，在画一个人头时，脸上的表情主要是由嘴角与眼角这两部分来表现，嘴角眼角向上弯曲是嬉笑，向下弯曲就是悲哀。在这幅画中，就在嘴角与眼角这两部分，达·芬奇以极高的技巧来描绘了一种不确定的状态。因此，我们总是难以断定画中的蒙娜丽莎到底是处在什么心理状态之下。

此外，达·芬奇还使用了一种极大胆的方法。我们仔细看这幅画，会发觉两边是不大相称的，人像后面那如梦般的风景之中，这情形尤其明显，左边的地平线比右边的要低得多。因此，我们集中注意看左边的时候，画中这女人的身材会显得高些，看右边时会显得矮些。就是她的脸，左右也不是完全相称的。

这种对现实的故意歪曲并不是玩弄技巧，而是大艺术家更生动地表现现实的一种方法。他在画中对现实所做的改变并不多，而真实的部分，却又是描绘得如此生动美丽。这双手据说是古今所有图画中最美的手，袖子上的褶皱又是这样的细致。中世纪的人说达·芬奇有巫术，能把人的灵魂移注在画上。这巫术不是别的，就是表现人物精神状态的巨大艺术才能。

达·芬奇画这幅画时，已经是五十岁，正是他艺术达到了圆熟之境的巅峰状态。他从 1502 年开始，断断续续地一直画到 1506 年。画中的蒙娜丽莎是意大利佛罗伦萨城一个名叫齐阿贡杜的有钱人的妻子，开始做这画的模特儿时是二十三岁，那时她已结婚了七年。有些记载中说，达·芬奇绘这画时，在画室中放满了蒙娜丽莎所喜欢的花，还命人奏乐，以维持她的精神状态。达·芬奇虽然画了这么久，但始终没有认为已经完美而交出去，后来把画带到法国，落入了法国国王的手里。

关于蒙娜丽莎的心理和她的微笑，四百五十年来所表达的意见真是读也读不完。美国的作家约翰·霍华德·劳逊（著名剧作家，好莱坞被迫害的十君子之一）在他那部《隐藏着的文化遗产》一书中，专门有一章分析《蒙娜丽莎》。他认为这画中的女人是一个阶级的具体形象。她是一个资产阶级的女人，内心有强烈的感情，但她能抑制这种感情，在外貌上不显示出来。人们看到她时，隐约觉得她有点高傲，也有点哀愁，总之是内心极不平静。蒙娜丽莎是资产阶级女人的代表，在她以后，有巴尔扎克笔下的女人，有易卜生笔下的娜拉、托尔斯泰笔下的安娜·卡列尼娜等等。

劳逊又分析意大利当时动乱的社会与政治状态，说明那时候旧的封建秩序已经破灭，新的资本主义秩序还未确立，人们的生活动荡不安，精神上却是处在一个新的解放的时代。达·芬奇以他巨大的天才，描写了这个时代的精神。所以画中的表情与其说是"神秘"，不如说是一种压抑了的隐藏着的激情。

比之所谓"女性的永远难解之谜的象征"、弗洛伊德式的"达·芬奇同性恋倾向的表现"等等说法，我以为劳逊的解释令人信服得多。

最奇特的说法之一，大约是本月 22 日的《时代周刊》中所刊载的一个消息了。其中说，英国一位医学教授凯尼斯·D. 基尔上星期在美国耶鲁大学讲学，宣称蒙娜丽莎脸上所表现的是一种满意的微笑，因为她怀着孕。这位教授当然提出很多理由，说她坐得很稳、行动似乎很迟缓、衣服的线条暗示怀孕，等等。但任何记载都不能支持这种说法，达·芬奇画这画花了四五年时光，难道她始终怀着孕吗？

1958 年 12 月 23 日

钱学森夫妇的文章

　　十年之前的秋天，那时我在杭州。表姐蒋英从上海到杭州来，这天是杭州笕桥国民党空军军官学校一班毕业生举行毕业礼。那个姓胡的教育长邀她在晚会中表演独唱，我也去了笕桥。

　　蒋英是军事学家蒋百里先生的女儿，当时国民党军人有许多是蒋百里先生的学生，所以在航空学校里，听到许多高级军官叫她为"师妹"。那晚她唱了很多歌，记得有《卡门》《曼侬·郎摄戈》等歌剧中的曲子。不是捧自己亲戚的场，我觉得她的歌声实在精彩之极。她是在比利时与法国学的歌，曾在瑞士得过国际歌唱比赛的首奖，因为她在国外的日子多，所以在本国反而没有什么名气。她的歌唱音量很大，一发音声震屋瓦，完全是在歌剧院中唱大歌剧的派头，这在我国女高音中确是极为少有的。

　　她后来与我国著名的火箭学家钱学森结婚。当钱学森从美国回内地经过香港时，有些报上登了他们的照片。比之十年前，蒋英是胖了好多，我想她的音量一定更加大了。

　　最近在内地的报纸上看到他们夫妇合写的一篇文章，题目是《对发展音乐事业的一些意见》，署名是蒋英在前而钱学森在后。我想这倒不一定是"女人第一"的关系，因为音乐究竟是蒋英的专长。

这篇文章中谈的是怎样吸收西洋音乐的长处，和怎样继承我国民族音乐遗产的问题。他们认为我国固有的音乐有很多好处，例如横笛的表演能力，就远胜西洋的横笛（西洋横笛用机械化的键，不直接用手按孔，所以不能吹滑音），但西洋音乐也有很多优点，要学习人家的长处，就必须先达到西洋音乐的世界水平。目前，我们离这水平还很远。

他们觉得目前对民族音乐重视不够，像古琴的演奏就大有后继无人的危险。我国歌剧的歌唱法与外国歌剧是完全不同的，而我们对所谓"土嗓子"的唱法还没有好好地加以研究。

火箭学家对数学当然很有兴趣，所以这篇文章有很多统计数字。他们假定，一个人平均每四个星期听一次音乐节目（歌剧、管弦乐、器乐或声乐）绝不算多，假如每个演员每星期演出三次，每次演奏包括所有的演奏者在内平均二十人，每次演出听众平均两千人，我国城市里的人口约为一亿人。火箭学家一拉算尺，算出来为了供给这一亿人的音乐生活，需要有八万三千位音乐演奏者。再估计每个演奏者的平均演出期间为三十五年，那么每年音乐学校就必须毕业出二千三百七十人来代替退休的老艺人。再把乡村人口包括在内，每年至少得有五千名音乐学校的毕业生。如果学习的平均年限假定为六年，那么在校的音乐学生就得有三万人以上，假定一个音乐老师带十个学生，就得有三千位音乐教师。他们认为这是一个最低限度的要求，但目前具体的情况与这目标相差甚远。他们谈到最近举行的第一届全国音乐周，认为一般说来还只是业余的音乐水平。这对科学家夫妇又用科学来相比："业余音乐是重要的，但正如谁也不会想把一国的科学技术发展寄托在业余科学家们身上一样，要发展我国的音乐事业也不能靠一些业余音乐家们。"

我觉得这篇文章很有趣味，正如他们这对夫妻是科学家与艺术家结合一样，这篇文章中也包括了科学与艺术。

在自然科学、艺术（西洋部分）、体育等方面，我国过去一切落后，现在，在自然科学上，有钱学森、华罗庚等等出来了；体育上，有陈镜开、穆祥雄、张纮等等出来了；音乐上，现在还只有一个傅聪。艺术人才的培养确是需要很长的时间（不单是某一个人学习的时间，还需要整个社会中文化与传统的累积），但既然有这样好的环境，又有这样多的人口，我想四五十年之内，总有中国的巴格尼尼或李斯特出现吧，六七十年之内，总有中国的贝多芬或柴可夫斯基出现吧！从历史的观点来说，那绝不是很长的时间，问题是在于目前的努力。

剑舞·扇舞·狮子舞

　　"来如雷霆收震怒，罢如江海凝清光"，这是杜甫描写剑舞的诗句，这两句诗写出了剑舞动时沛然而来、莫之能御，静时抱元守一、端若处女的状态，我们这次在中国民间艺术团演出中所见到的剑舞，虽说没有杜甫所描写的那么壮美，以致"天地为之久低昂"，但舞中动静之致，却确是表演得波澜起伏，矫捷慷慨。

　　舞蹈中有三个主要的因素，那就是节奏、构图与表情。在剑舞中，最引人注意的是充满着我国古典情调的节奏感。八位少女忽而横剑端立，蓄势待发；忽而互相击刺，飘然游走。音乐中的休止符，重要性和音符相等，一个静寂，常常令人有此时无声胜有声的感觉，正如我国国画上的空白，在构图上的作用和图中的人物山水本身相等。剑舞中的节奏，和西洋舞蹈截然不同（荷花舞与扇舞的节奏，东方色彩就似乎没有这么强烈）。它不是如水般流动，而是有许多停顿和凝持。这艺术上的"顿挫"，就和"抑扬"那么同样激动人心。苏联当代大作曲家哈却都梁有一个著名的舞曲《刀舞》，我们在收音机中时常可以听到的，那情调就全然不同了，那是呼呼风响的劈刺，是一群男人在大草原上驰马挥刀。但我们这剑舞却是刚健中含有婀娜，由女性来舞剑，是在阳刚之中加了阴柔的质素。

剑舞在我国已有悠久的历史。到了明代，一般古典舞蹈都被吸收到当时集全国戏曲之大成的昆曲之中。剑舞的编者汪传铃先生是昆曲名家，剑舞中的许多花式都是从昆曲武戏的套子中化出来的，也就是说，把本来已融化在昆曲中的我国古典舞蹈，再从昆曲中提炼出来，用来单独表现。看这剑舞的时候，我当时有一种极深的印象，就是姿势的丰富。每次我都以为已经完了，哪知后面又出来了新的样式。我们最近看过苏联芭蕾舞纪录片《罗密欧与朱丽叶》，其中那个比剑的大场面，其实就是一场组织得很好的剑舞，和我们这剑舞相比较，击剑的真实感是要强得多，但其中没有我们这样悠久的文化传统，讲到细致、丰富和节奏的多种变化，那就远为不及了。要知我们这剑舞中这样繁多的动作，是一个人的天才所无论如何创造不出来的，说不定当时杜甫所描写的剑舞，有些动作也辗转流传下来，而在这个剑舞中出现了呢。

大概因为这舞蹈对舞蹈者的要求极高（昆曲武戏的演员都从小练武功），所以演出的纯熟，似不及动作比较简单的扇舞和《采茶扑蝶》。

扇舞把我们带入了一个完全不同的境界。那是我国东北延边一带少数民族朝鲜族的舞蹈。提琴手轻轻地奏着拨弦，舞蹈者在每一次音乐的停顿中出来一个。我想可以用花的开放来比拟这个舞蹈。象征着生命由静止而增多，而繁盛。这舞蹈中所表现的是"发展"和"运动"。

舞蹈者起初是一个，后来是两个、三个……就像冬季刚过，新生的嫩芽慢慢从泥土中苗长起来。她们手里的扇子本来是折拢的，突然，像在一个温暖的春天早晨，百花齐放了。扇子是半圆形的，她们把两个半圆并成一个圆形，构成了生命中的完整无缺。音乐中露出了逐渐活跃的先兆，果然曲调突然快速起来，舞蹈者手中的花扇此起彼落，真如千红争春，万艳竞芳。她们排成了两列，前排的扇子收拢了，后排的扇子张了开来，后排的收拢了，前排的又张了开来。这不是显示着生命的永无断绝吗？旧的消灭，又有新的出来。或许，设计舞蹈的人并没考虑到这些哲学上的概念，但这舞蹈使人感到的，却是这种由少而多、由平淡而绚烂、由缓慢而到快速的不绝运动，不断发展。

这个舞蹈的构图很美，到后来只觉得一片花团锦簇。舞蹈者穿着朝鲜族的民族服装，腰身很高，更加显得下肢的修长，因而衬托出身材的苗条。今年巴黎与纽约的女子时装，流行的就是这种高腰装。

扇舞舞曲的音乐组织得很完整，就像一个小小的交响乐，好似包括了"慢板""如歌行板""谐谑曲""快板"四个小乐章。

我国自古即有文舞、武舞、舞兽之分。《礼记·内则篇》说"至十五岁学舞象"，那就是模仿兽类而舞蹈。剑舞是武舞（《尚书》中所说的"干舞"），扇舞是文舞（《尚书》中的"羽舞"），狮舞就是舞兽了。狮子舞最大的优点，我想是有趣地表现了狮子勇猛而顽皮的神态。这头狮子真是表情丰富，我想它大概是一头年轻的小狮子吧，又是爱娇，又是精神勃勃。一般解释这舞蹈是表现勇士驯服猛狮的经过，我个人的感受，却觉得勇士与狮子之间，亲热的戏要更多于驯服、反抗和搏斗。如果是驯狮，那么狮子初时显然应当很凶，这与舞蹈中狮子的性格不大符合，那勇士似乎自始至终在逗弄，在和狮子很友谊地闹着玩。当狮子表现搔痒等动作时，勇士有一段时间的静止，这一点在舞蹈上似乎不够紧凑。在内地表演狮子舞时，经常有两只狮子出台，有时多到五只狮子，那么勇士就会紧张得多了。在这里是受到了舞台面积的限制。

狮子舞要求两个人动作的一致，而"两个小伙子摔跤"，则要求一个人两种动作的不一致，这与"划旱船""哑子背疯""跑驴"等民间舞蹈有共通处。这次演出中，有一种稚拙之美，表演得颇有层次。

1956 年 7 月 13 日

"任是无情也动人"

　　前些时候，一家瑞士制表厂在这里举行橱窗装饰比赛，得冠军的设计是一对跳芭蕾舞的男女，标出"优美的准确"这个主题思想，钟表必须准确，这是实用的一面，同时在外表上，也应当尽可能的优美，这两个要求恰正是芭蕾舞的特点。这个橱窗设计的联想确是颇具巧思的。

　　在芭蕾舞中，动作的准确是最基本的要求。但单单准确并不够，必须"优美地准确"，要求举重若轻、行若无事地完成一切困难的动作。所谓"举重若轻"，并不是真的轻，只是在旁人眼中看来似乎很轻。苏联的著名芭蕾舞蹈家乌兰诺娃曾在一篇文章中说，她在舞台上轻松愉快地舞蹈，好像不费半点力气，但一等回到后台，常常是全身大汗淋漓，累得半死。可见这个艺术上的"优美"，事实上是以极艰苦的锻炼、极艰苦的劳动换来的。

　　可是芭蕾舞中还有一个更重要的特点，却是世界上任何钟表所不能达到的，那就是"感情"。

　　有时，我们看一部电影、一出戏、一场舞蹈，觉得结构和演出都是很完美的，技巧相当高明，但就是不能感动我们。主要的原因常常就在于其中缺少了充沛的感情。相反的，有时我们看工人与学生的业余演出，他们的技巧当然不如职业演员纯熟，但当演出之中灌注了感情时，观众就会被深深地吸引住。今年8月间，我在佛山曾看了一次当地业余歌舞团的演出。演员都是青年工人与学生，这个歌舞团成立还不到一年，可是他们所跳的鄂尔多斯舞中，却充满了犷健的呼吸与草原上的气息，使许多和我同去的职业演员与舞蹈工作者们都感到佩服。

昨天收到一位在英国研究舞蹈的朋友的来信，其中说："每星期都去哥文花园看芭蕾，在玛芳哥婷、玛科娃等等这些舞蹈家中，我还是最喜欢贝丽奥索娃。很可惜，上星期六去看她的《天鹅湖》，当黑天鹅要转三十二次的时候，她只转到十五次便不能继续，要够她几天睡不着了。舞蹈实在要比其他舞台艺术危险得多，你说是吗？"这位朋友所以还是最喜欢她，我想因为她的舞蹈之中生命力最充沛，感情最丰富。动作的偶然不准确，并不足以成为大师们的致命伤。

俄国钢琴大演奏家鲁平斯坦（是与柴可夫斯基同时的那位鲁平斯坦，不是目前在美国的那一个）的传记中曾说到他演奏的一个特点，说他因为身体肥胖、手指粗大，弹钢琴时有时不小心会弹到隔邻的一个键上去，但因为演奏中充满了热情和诗意，这种技巧上的小错误丝毫不发生影响。当然，错误终究是错误，但与其是冷冰冰的完美无缺，远不如偶有小错而激动人心。

芭蕾舞剧《天鹅湖》中有一个白天鹅和一个黑天鹅的角色，两个角色的性格截然不同，前者温柔优美，后者活跃而带妖气，因而在舞蹈的风格上也全然相反。白天鹅的动作是缓慢的抒情，黑天鹅则是迅捷的激动。这两种风格都是极难的。黑天鹅有那著名的三十二转，当这角色做这动作时，许多芭蕾舞迷会一二三四地数，使她精神上大受威胁。但白天鹅的慢动作可能更难。传统上，这两个角色常由一个人来演，表示舞蹈中两个困难的极端她都能胜任。从纯技术观点来看，这固然有兴味，但苏联目前的演出常由两人分饰两角，乌兰诺娃也是如此。因为舞剧的主旨是表演戏的思想感情，不是显示技巧。一个演员表演两种不同的技巧那是可能的，但要她真正地进入两个角色的内心，表演两个人的思想感情，那几乎绝对不可能，除非她的演出之中容许有虚假的成分。

《红楼梦》中写宝钗拿到一根诗签，刻着"任是无情也动人"一句诗，宝玉大为神往。英国诗人济慈也有"无情美女"的诗篇。但在艺术中"无情"就不能"动人"，"无情"就不"美"。

单单感情还不够，必须有思想和内容，而且这是最主要的。唯心主义的哲学家康德断言艺术绝对不给予任何知识，另一位唯心主义的哲学家黑格尔虽然承认艺术有思想性，但大大地加以局限。这些意见我都同意，但有保留。举一个简单例子，英格丽·褒曼的演技是很好的，可是近来她在几部影片中的演出却难以使我感动。《真假公主》中她与祖母相会一场，《仕女图》中她恳求情人忘了她曾向他求婚那一场，都演得极好，内心也有了真感情，但因为剧情无聊浅薄，虽有优秀的技巧和真实的感情，仍是不能动人。

再回到芭蕾舞。《今日中国》的新闻片中有一段短短的芭蕾舞《白毛女》，虽然很短，不是很动人吗？

1958 年 12 月 9 日

围棋杂谈

日前见到一篇访孙中山先生上海故居的文章，文中说到中山先生的居室里除了书籍地图之外，还放着一副围棋，这是他工作读书之暇唯一的娱乐。我们想象这位革命伟人在规划国家大事之余，灯下与一二知交丁丁敲棋、执子凝思，真是一幅感人极深的图画。

围棋是比象棋复杂得多的智力游戏。象棋三十二子愈下愈少，围棋三百六十一格却是愈下愈多，到中盘时头绪纷繁。牵一发而动全身，四面八方，几百只棋子每一只都有关联，复杂至极，也真是有趣至极。在我所认识的人中，凡是学会围棋而下了一两年之后，几乎没有一个不是废寝忘食地喜爱。古人称它为"木野狐"，因为棋盘木制，它就像是一只狐狸精那么缠人。我在《碧血剑》那部武侠小说中写木桑道人沉迷着棋，千方百计地找寻弈友，在生活中确是有这种人的。

当聂绀弩兄在香港时，常来找梁羽生与我下围棋，我们三人的棋力都很低，可是兴趣却真好，常常一下就是数小时。

围棋这东西有趣至极，但就因为过于复杂，花的时光太多。学习与研究固然花时间，就是普通下一局，也总得花一两个钟头。日本的正式比赛，一局棋常常分作许多天来举行，每天下几个钟头。报上刊载一局棋的过程，就像长篇连载小说那样，每天登载数十着，刊到紧要关头就此打住，棋迷们第二天非买这报追着看不可。所以日本围棋的大比赛都是由各大报纸举办的，这是日本报纸推广销路的重要办法。在我国，由于下围棋花时间太多，所以它近年来没有象棋这么流行，因为大家是越来越忙了。

广东人喜欢围棋的很少，在香港实在难得看见。在江浙一带，围棋之风那就盛得多，每一家比较大的茶馆里总有人在下棋，中学、大学的学生宿舍中经常有一堆堆的人围着看棋，就像这里的人看象棋一般。

象棋是从印度传来的（一说是我国自行发明，但从各种资料看来，以印度传来之说较有根据），围棋却是中国人发明的。古书上说，尧的儿子丹朱不肖，颇有阿飞作风，尧大为忧虑，就制作了围棋来教他，希望他在游戏之中发展智力。这说法恐怕未必可靠，有无丹朱其人已是一个问题，而据古书上记载，丹朱也没有改好。不过围棋确是由来已久，《孟子》中就曾谈到弈秋教人弈棋的故事，不用功的人一心以为鸿鹄将至，想着去打鸟，于是学棋学不成。大约在一千七百多年前，经由高丽、百济（朝鲜）而传到日本。现在在日本，反比我国兴盛。

前几天看到北京出版的一本日文本的《人民中国》杂志，上面有一篇介绍围棋的文字，还附了范西屏与施定庵的一局对局。范、施是清代乾嘉年间的两位围棋大国手，棋力之高，古今罕有，直到现代的吴清源才及得上他们。

上个月报纸刊载了上海文史馆馆员的名单，其中刘棣怀、魏海鸿、汪振雄三位都是围棋名家。我国还有一位围棋前辈顾水如先生则在北京。刘棣怀以前称中国第一人，但最近上海举行名手比赛，魏海鸿的成绩最好，可能刘棣怀因为年老而精力衰退了一些。魏以前在武汉，人家给他一个绰号叫作"刀斧手"，可见他善于厮杀。汪振雄抗战时在桂林主持围棋研究社，那时我还在念中学，曾千里迢迢地跟他通过几次信。汪先生笔力遒劲，每次来信很少谈围棋，总是勉励我用功读书。我从未和这位前辈先生见过面，可是十多年来常常想起他。

陈毅将军是喜欢围棋出名的，棋力如何却不知道了。

围棋五得

日本棋院中挂有一个条幅，写着"围棋有五得：得好友，得人和，得教训，得心悟，得天寿"。提倡围棋极有功绩的郝克强先生很喜欢谈这"五得"，著名作家严文井先生也特别称赞，认为很有意思。

这"五得"不知是谁提出的，当是日本人的说法，因为中国古籍中没有这样记载。中国棋友曾请问日本的名誉棋圣藤泽秀行先生，他说记不清楚出典了。

"得好友"和"得人和"，凡是喜欢下围棋的人都有这样的经验。楸枰相对，几个钟头一句话不说，也能心意相通，友谊自然而然地建立起来。我和沈君山、余英时、林海峰、陈祖德、郝克强诸位等结交，友谊甚笃，都是通过了围棋。至于教过我棋的许多位年轻高手，更不用说了。有几位日本朋友，我和他们根本言语不通，只能用汉字笔谈，却也因下棋而成为朋友。日本棋界的人常说："下围棋的没有坏人。"这句话自不免有自我标榜之嫌。但围棋公平至极，没有半点欺骗取巧的机会，只要有半分不诚实，立刻就会被发觉，可以说，每一局棋都是在不知不觉地进行一次道德训练。

围棋是严谨的思想锻炼、推理锻炼，有人说是"头脑体操"。现代医学保健的理论很注重心理卫生，注重保持头脑的功能，因为人身一切器官内脏的运作，都是靠头脑指挥的。有些人年纪老后，体力衰退，但头脑仍然健全，往往可以得享高寿。那便是下围棋可"得天寿"的理论根据。我国当代著名棋手王子晏、金亚贤、过旭初、过惕生等诸位都年寿甚高，足为明证。王子晏老先生年过九十，棋力只稍退而已。最近来香港参与棋界盛会的日本业余高手安永一老先生，自己说已记不清是八十四岁还是八十五岁。他脚力差了，有点不良于行，行棋却仍然锋锐凌厉，因为头脑清楚，演讲起来便风趣而有条理。康德、罗素等哲人之得天寿，相信也出于不断地思索动脑筋。当然，不断运用脑筋也不一定寿命长，还有其他许多因素。

"得教训"与"得心悟"是最难了解的了，尤其"得心悟"，当是"五得"的精义。唐玄宗时代的围棋国手王积薪传下来"围棋十诀"，至今日本许多棋书仍然印在封面上，公认为是围棋原则的典范。十诀的首要第一诀是"不得贪胜"。下棋是为了争胜负，不求胜，又下什么棋？但过分求胜而近于贪，往往便会落败。这不但是棋理，也是人生的哲理，似乎在政治活动、经营企业，甚至股票投机、黄金买卖中都用得着。既要求胜，又不贪胜，如果能掌握到此中关键，棋力便会大大地提高一步。吴清源先生常说，下棋要有"平常心"，即心平气和、不以为意，境界方高，下出来的棋境界也就高了。然我辈平常人又怎做得到？不过有此了解，虽不能至，时刻在念，庶几近焉。

1985 年 4 月

历史性的一局棋

"号外！号外！叮当，叮当！大新闻！"

1933 年 2 月 5 日，东京街头到处响起了报贩们的叫卖声和铃声，卖的是《报知新闻》的号外，向成千成万读者们报告一个"重大的"消息：吴清源与木谷实在正式围棋比赛中都使用他们所创的"新布局法"（在日本称为"新布石法"），木谷实先手，三子都走五路，吴清源三子走四路，成为"三联星"。这在围棋界是前无古人的着法。日本人对围棋极为着迷，无怪这件事报纸竟要出号外。

木谷实是日本的青年棋人，和吴清源感情很好，两人共同研究而创造出来一种新的布局体系。简单地说，那是在布局上笼罩全盘而不是固守边隅。他们合著的《新布石法》一书出版后，书局门外排了长龙（日文称为"长蛇"），在一个短短的时间之内销去了五万册。不久，日本围棋界出现了称为"吴清源流"（即"吴清源派"）的一群人。

日本围棋界向来有一种本因坊制度，所谓本因坊就是围棋界的至尊，以往都是一人死了或退休之后，由当时棋力最高的另一人继任，名高望隆，尊荣无比。那时日本的本因坊是秀哉（他原名田村保寿，秀哉是这位本因坊的尊号，有点儿像皇帝的年号一般。后来岩本薰任本因坊，号称本因坊"薰和"，桥本宇太郎号称本因坊"昭宇"，等等）。新布石法既然轰动一时，本因坊当然要表示意见，这位老先生大不以为然，认为标新立异，并不足取。两派既有不同意见，最好的办法是由两派的首领来一决胜负。

秀哉为了保持令名，已有很久很久没下棋了，这时为形势所迫，只得出场奋战，这是日本围棋史上一件极度重要的大事。那时吴清源是二十二岁。

吴清源先行，一下子就使一下怪着，落子在三三路。这是别人从来没用过的，后来被称为"鬼怪手"。秀哉大吃一惊，考虑再三，决定用成法应付。下不多子，吴清源又来一记怪着，这次更怪了，是下在棋盘之中的"天元"，数下怪着使秀哉伤透了脑筋，当即"叫停"，暂挂免战牌。棋谱发表出去，围棋界群相耸动，守旧者就说吴清源对本因坊不敬，居然使用怪着，颇有戏弄之意。但一般人认为，这既是新旧两派的大决战，吴清源使出新派的代表手来，绝对无可非议。

这次棋赛规定双方各用十三小时，但秀哉有一个特权，就是随时可以"叫停"，吴清源因为先走，所以没有这权利。秀哉每到无法应付时，立即"叫停"。"叫停"之后不计时间，他可以回家慢慢思考几天，等想到妙计之后，再行出阵，所以这一局棋因为秀哉不断叫停，一直拖延了四个多月。棋赛的经过逐日在报上公布，棋迷们看得很清楚，吴清源始终占着上风。一般棋人对于权威和偶像的被打倒不免暗暗感到高兴，但想到日本的最高手竟败在一个中国青年手里，似乎又很丧气，所以日本的棋迷们在这四个月中又是兴奋，又是担忧，心情是十分矛盾的。

社会人士固然关心，在本因坊家里，情形尤其紧张。秀哉连日连夜地召集心腹与弟子们开会，商讨反攻之策。秀哉任本因坊已久，许多高手都出自他的门下，这场棋赛大家自然是荣辱与共。所以，这一局棋，其实是吴清源一个人力战本因坊派（当时称为"坊派"）数十名高手。下到第一百四五十着时，局势已经大定，吴清源在左下方占了极大的一片。眼见秀哉已无能为力，他们会议开得更频繁了。第一百六十手是秀哉下，他忽然下了又凶悍又巧妙的一子，在吴清源的势力范围中侵进了一大块。最后结算，是秀哉胜了一子（两目），大家终于松了一口气。虽然胜得很没有面子，但本因坊的尊严终于勉强维持住了。

这事本来已经没有问题，但事隔十多年，二次世界大战之后，日本围棋界的元老濑越宪作忽然在一次新闻界的座谈会中透露了一个秘密：那著名的第一百六十手不是秀哉想出来的，是秀哉的弟子前田陈尔贡献的意见。这个消息又引起轩然大波。这时秀哉已死，他的弟子们认为有损老师威名，迫得濑越只好辞去了日本棋院理事的职务。

许多年后，曾有人问吴清源："当时你已胜算在握，为什么终于负去？"（因为秀哉虽然出了巧妙的第一百六十手，但吴还是可以胜的。）吴笑笑说："还是输的好。"这话说得很聪明，事实上，要是他胜了那局棋，只怕以后在日本就无法立足。

最近在日本的围棋杂志上看到吴清源大胜前田陈尔和现任本因坊高川格的棋局。前田居然连用了两下吴清源当年所创的"鬼怪手"，要是老师还活着，他一定不敢这样"离经叛道"吧。

谈各国象棋

　　全国象棋最后决赛的那天晚上，许多朋友心情都十分紧张，为的是杨官璘能不能得全国象棋冠军，局势很是微妙。最后终于在收音机中收到了杨官璘在第二局中力克李义庭，何顺安又一战而胜王嘉良的消息，大家纷纷谈论，感到很大的兴趣。

　　有人就谈到了象棋起源的问题。

　　这问题以往有许多说法，有印度、中国、阿拉伯、波斯诸说，但据近人考据，证明最早的象棋是印度人发明的。有一个传说，说发明者是锡兰的一位王后，这传说虽然没有充分根据，但象棋源于印度，不论中国、西欧或苏联的学者们，在文献和古物的研究上都已得到了确证。

　　据我国古代传说，象棋是舜发明的。舜的弟弟象很坏，好几次想害死舜（《孟子》中曾有记载）。后来舜把他幽禁起来，又怕他寂寞，就制了象棋给他做文娱活动。象棋的"象"字，就代表舜的弟弟。这传说已证明不可信，但据常任侠先生根据王国维氏的一些考据而推断，从这个传说中可以推想到象棋传入我国的路线，他认为象并不是舜的亲弟弟，而是我国南部产象地区（如越南、泰国等地）的领袖。象与舜曾结成兄弟同盟而战胜其他民族，但后来两人又发生冲突。很可能象棋是从印度经过泰、缅等地而传入中国。近年来华南象棋名手辈出，人才之盛似居全国第一，这虽与象棋先到华南没有什么关系，但在千余年前，华南人就比中原人士先学会象棋，现在想来倒是一件有趣的事情。

据晏殊所写的《类要》中说，象棋是在三国魏黄初年间（曹丕与诸葛亮的时代）流入中国的。

现代的象棋形式，到宋代方才制定。宋代的理学家程颢有一首咏象棋的诗说："大都博弈皆戏剧，象戏翻能学用兵。车马尚存周战法，偏裨兼备汉官名。中军八面将军重，河外尖斜步卒轻。却凭纹楸聊自笑，雄如刘项亦闲争。"他诗中还没提到炮，炮这兵种，是最后加入的，当然是要在中国人发明了火药火器之后，才反映在象棋上。

印度原来的象棋由四个人下，好像打麻将一般，每人要先掷骰子，凭点数来下棋。被将死的一家退出战局，残存的棋子都归战胜者俘虏，俘虏降一级使用。四家淘汰为两家后，两家再决胜负。宋司马光曾创七国棋，七个人可以合纵连横，战胜者兼并俘虏，增加自己实力。现在日本的"将棋"俘虏了对方的棋子也可供自己使用，这些规矩都源自印度象棋。在军事上，利用敌人的俘虏，那么中国象棋与国际象棋是比较人道主义些吧。

流行在欧美的国际象棋与印度象棋相同的一点，是都有六十四个方格，棋子放在格子中间。中国人却想到了一个聪明办法，棋子不放在格子之中而放在线路交叉的地方，这样棋盘只增加一条线而位置却从六十四增为九十，我想这或许是从围棋得到的灵感，因为围棋子是放在线路交叉处，而象棋盘又刚巧是围棋盘格数的四分之一。

印度象棋传到欧洲后，名称上做了一些改变，如象变为主教（俄国不变）、车变为炮台（或船），皇后本来威力极小，但欧洲把她改为纵横斜飞无敌，远胜于车。或者，这与欧洲人"女人第一"的观念有关也说不定。

朝鲜棋是从中国象棋中变化出来的。据说在朝鲜战争时，美国的狄安将军被俘，后来就学会了这种棋，在被俘期间天天与看守他的人下棋消遣。

此外有马来棋、缅甸棋、暹罗棋、现代印度棋（共有三种），虽然大致相同，但也有相异之处。

法国人布阿叶写了一篇谈象棋的文章，他说，欧美一般人虽然以为国际象棋具有世界性，其实它盛行的地带只占世界人口百分之四十，中国会下象棋的人，或许比全世界下国际象棋的人还要多些。

谈谜语

梁羽生兄曾在随笔中谈到印度的两大史诗，这两部史诗累积了长期以来无数人的智慧，当然是珍贵无比的神话与文学。但除此之外，印度还有许多篇幅相当长的神话，许地山先生所译的《二十夜问》，就是其中之一，这书又名《红颜月》，意思是说一个美丽少女的脸慢慢绯红，表示她逐渐动情。故事简单说来是这样：有一个英俊勇敢的国王名叫日爱，最厌恶女人，但有一次见到了一张女人的画像，就神魂颠倒地着了迷。这女人名叫媚娘，美丽无比，天下不知有多少人向她求婚。她有一个条件，要求婚者在二十一夜之内，每夜向她提出一个问题，如果她回答不出，就嫁给他。所有的人都失败了，日爱王在十九个夜晚之中，提出的十九个难题都被她轻易地回答。媚娘简直是智慧的化身，任何难题都难不倒她。日爱苦恼之极，突然灵机一动，想到了一个她绝对回答不出的问题，媚娘就嫁给他了。你想得到这问题么？

原来问题是这样："从前有一个王爱上一个王女。那王女有约，谁能出一个使她不能回答的问题，便嫁给他。现在请告诉我，他应当向她提什么问题呢？"

全世界所有的问题中，只有这个问题才是她不能回答的。那美丽的少女愉快地表示答不出，并且说："其实，你想不到这问题也没关系，到了明晚最后一晚，你就是问我的名字叫什么，我也会假装回答不出。"因为她早已爱着他啦。

填字游戏所以这样风行，我想这与人们爱好猜谜有关。在派对里，在团体旅行与游戏的时候，我们常常提出些有趣的小问题来考问朋友，如：

"盘里有二十个苹果，分给二十个人，一个人一个，结果盘里还有一个苹果，怎么回事？"

"因为第二十个人连盘一起拿去了。"

"两个人进来，一大一小，旁人问小的：这是你爸爸么？小的说是。又问大的：这是你儿子么？大的说不是。为什么？"

"因为这是他的女儿。"

我国的谜语千变万化，在农村中流行的有许多闪烁着很灿烂的智慧的光芒。有一种体裁是"流水谜"，猜了一个又一个，有些是押韵的对唱，形式很是活泼新鲜。我曾学习这种民歌式的体裁，替影片《小鸽子姑娘》写了一个"猜谜歌"，在一连串出题、猜谜、反出题的进程中，同时透露内心的爱情。这次为劳校的义演中，长城歌咏团曾练了想表演，后来因为时间局促，练习时间不够，没有演出。即将上演的影片《鸾凤和鸣》中，也有一个猜谜歌，那是石慧洗澡时唱的。该片的编导袁仰安先生和我谈起这个歌时，说因为是在洗澡时唱，绝不可有丝毫"香艳"，我一时动不出脑筋，后来忽然想到小时候姑母给我猜的一个谜语："什么东西越洗越脏？"答案是："水。"于是再加了两段，分别是越揩越湿的毛巾和越洗越小的肥皂，再加上一点点牺牲自己使别人美好的意义。歌作得并不好，意思倒似乎还不错，因为

155

"越洗越脏"这个巧妙的意念，不知是多少年前哪一个地方哪一位聪明的人想出来的。

我国有许许多多好的谜语，例子举不胜举。且看下面这一首曲子："灯儿下金钱卜落，这苦心——谁知道？到春来人日俱抛，欲罢何日能了？吾心正焦，有口向谁告？好相交，有上梢来没下梢。既皂白难留，少不得中间分一刀！从今休把仇人靠，千思万想，不如撇去了好！"这明明是一首怨念情人的小曲，哪知中间包藏着从一到十的十个数目字。欧美人用拼音文字，字谜就远不如我国的巧妙，英文中的字谜大抵在"同音"与"双义"两点上着眼。前者如："王老五为什么总是对的？答：因为他始终找不到小姐。"never miss taken，音同never mistaken（从来不错）。后者如："律师为什么如同啄木鸟？答：因为他们的 bill 都很长。"bill 既有账单的意思，也有鸟嘴的意思。还有一个开律师玩笑的谜语："为什么律师像失眠者？答：因为他们都是这边 lie 一下，翻过来那边又 lie 一下。"在英文中，lie 这字既是睡卧，又是说谎。

还有一种英文谜语是讲字形的。如："英文中最长的字是什么？答：smiles，因为头尾两个字母之间，竟有一 mile（英里）。"（注：一英里相当于一千六百零九米。）"在争辩中，s 这字母为什么极为危险？因为它能把语音（word）变成刀剑（sword）。""排列字母时，为什么 b 要在 c 之前？因为一个人要先'存在'（be），才能'看见'（see）。"等等。

比起中国字谜来，这种谜语实在太浅了。杜甫有一名句："无边落木萧萧下。"以这句诗做谜面打一个字，答案是"曰"。因为在六朝时，东晋之后是宋齐梁陈，齐梁的皇帝都姓萧，萧萧之下是陈，陈（繁体）再"无边"和"落木"，变成一个"曰"字。这种谜语，真是有点匪夷所思了。

也谈对联

百剑堂主在《吟诗作对之类》一文中提到了杭州的两副对联，因为我是杭州人，他问我在杭州的无数对联之中，对哪几联印象最深。我首先想到的，是月下老人祠那一联："愿天下有情人，都成为眷属；是前生注定事，莫错过姻缘。"这联的上联原出《续西厢》，金圣叹批《续西厢》从头骂到底，只对最后这两句赞赏备至。我想这一联人人看了都会高兴，文辞亦佳（月下老人祠有签词九十九条，全部引自经书诗文，雅俗与此间黄大仙签词不可同日而语）。还有阮元为杭州贡院所撰的那一联："下笔千言，正槐子黄时，桂花香里；出门一笑，看西湖月满，东浙潮来。"这联我是在小时候记得的，以后每次学校大考或升学考试，紧张一番而交卷出场时，心头轻松之余总会想到它。

百剑堂主所提到岳坟前"青山有幸埋忠骨，白铁无辜铸佞臣"那一联，出自一个姓徐的女子手笔（陆放翁有"青山是处可埋骨，白发向人羞折腰"联，亦颇见风骨）。抗战时我在重庆念书，那时国民党政府时时有向日本求和之想，有些御用教授们就经常宣传"岳飞不懂

157

政治，秦桧能顾大局"的思想。有一次陶希圣到学校里演讲，语气间又宣传这套理论，我们一些同学们听得很气愤，在他第二次演讲之前，先在黑板上写了"青山白铁"这副对联，他见了心里有数，就不再提这个话题了。

旧时家中有一小轩，是祖父与客人弈棋处，轩里挂了一副对联："人心无算处，国手有输时。"当时不懂当中妙处，现在想来，这里面实在颇有哲理。

百剑堂主曾撰一联："偏多热血偏多骨，不悔情真不悔痴。"我见了很喜欢，他用宣纸给我写好，请荷里活道某店裱起，挂在斗室之中，不觉雅气骤增。

我写《书剑恩仇录》《碧血剑》，回目全不考究，信手挥写，不去调平仄，所以称不上对联，只是一个题目而已。梁羽生兄甚称赏我"盈盈红烛三生约，霍霍青霜万里行"两句（上句写徐天宏与周绮婚事，下句写李沅芷仗剑追赶余鱼同），但比之百剑堂主的每回皆工，那是颇为不及了。

前几天《大公园》中登载文怀沙先生一篇《韩愈与贾岛》的文章，认为"鸟宿池边树，僧敲月下门"两句中，"敲"字确比"推"字好，因为这有"鸟鸣山更幽"的意境。"鸟鸣山更幽"本来是梁王籍的诗。《梦溪笔谈》中说：古人诗有"风定花犹落"一句，素来认为无人能对，王安石用"鸟鸣山更幽"来对。王籍原联是"蝉噪林愈静，鸟鸣山更幽"，两句意思一样，王安石这一联集对却是上句静中有动，下句动中有静，比原句更工。旧诗律诗中必有对偶，所以好对不胜枚举。古人因对成妙对而发达做官的事，笔记小说中也记载得很多。如宋时宰相词人晏元献有"无可奈何花落去"一句，数年不能得到好对，一天晚上与一个小官王琪一起散步，谈起这事，王应声道：

"似曾相识燕归来。"晏大为赏识，从此王琪做官就一帆风顺了。

我从前在江南故乡时很爱听说书，在听说《三笑》时就曾听到许多妙对。唱弹词的人说文徵明在追求爱人时，那位小姐出对道："因荷（何）而得藕（偶）？"文徵明对道："有杏（幸）不须梅（媒）！"于是好事得谐。又据说金圣叹被杀头时他儿子吟道："莲（连）子心中苦。"金老先生对曰："梨（离）儿腹内酸！"两对一喜一悲，虽都未必真有其事，但对偶双关，确不容易。

对对子既要工，又要快，不比其他文章可以慢慢琢磨。有一本笔记中记载一个故事：陆文量在浙江做官，有一天与管教育事务的陈震一起饮酒，见陈是个光头佬，就出对嘲他："陈教授数茎头发，无计（髻）可施。"陈震立即对道："陆大人满脸髭髯，何须如此。"以成语对成语，很有本事，陆大为叹赏，笑道："两猿截木山中，这猴子也会对锯（句）。"陈震笑道："我也要不客气了，幸勿见怪。"于是对道："匹马陷身泥内，此畜生怎得出蹄（题）？"两人抚掌大笑竟日。

据说从前有个人名叫李廷彦，曾献百韵诗给一位大官，中间有一对云："舍弟江南殁，家兄塞北亡。"那位大官看了很同情他，道："想不到你家里竟接连遭到不幸。"李廷彦忙道："实无此事，那是为了对仗工整才这样写的。"作对至此，可说形式主义到了极点。

月下老人祠的签词

杭州有座月下老人祠，那是在白云庵旁，祠堂极小，但为风雅之士与情侣们所必到，可惜战时被炮火夷为平地，战后虽然重建，情调却已与以前大不相同。杭州正在大举进行园林建设，我想，这所司天下男女姻缘的庙宇，实在大有很精致地修建它一下的必要。

月下老人的典故出于《续幽怪录》，据说唐时有个名叫韦固的人，有一次经过宋城，看见一位老伯伯在月光下翻书，这位老伯伯说天下男女的姻缘都登记在他的簿子上，他囊中有无数红色绳子，只要这绳儿把男女两人的脚缚住了，就算两人远隔万里，或者是对头冤家，都会结成夫妻，所以后来有"赤绳系足"的典故。西洋人的办法却比我们鲁莽得多，他们有一个丘比特，是个顽皮小孩（有时甚至是盲目的），拿着弓箭向人乱射，哪一对男女被他一箭射中，就无可奈何地堕入情网。相较之下，我们的月下老人用一根红线温柔地替人缚住，还有簿籍可资稽考，显然是文明得多了。月下老人的故事流传全国，然而除了杭州之外，其他地方很少有这位"天下婚姻总管理处处长"的庙堂，倒很奇怪。

以前，常常可以见到一对对脸红红的情侣们，尽管穿了西装旗袍，都会在祠堂中虔诚地拜倒，求一张签，瞧瞧两人的爱情能不能永远美满。

杭州月下老人的签词恐怕是全国任何庙宇所不及的，不但风雅，而且幽默，全部集自经书和著名的诗文。据说其中五十五条是俞曲园所集，此外四十四条是俞的门人所增，共是九十九条。我旧日家中有一个抄本，不知是哪一位伯伯去抄的，我还记得一些，但九十九条自然记不全了。

第一条是"关关雎鸠，在河之洲，窈窕淑女，君子好逑"。这是理所当然的。此外兆头吉利的有"永老无别离，万古常团聚""愿天下有情人，都成眷属""落霞与孤鹜齐飞，秋水共长天一色""可以托六尺之孤，可以寄百里之命"（原来是曾子的话，这里当指这男子很靠得住，可以嫁），等等。求签而得到这些，那自是心中窃喜，无法形容了。

有一条是"逾东家墙而搂其处子则得妻，不搂则不得妻"。《孟子》这两句话，本是反语，但这里变成了鼓励男子去大胆追求。有一条是《诗经·鄘风·桑中》的三句："期我乎桑中，要我乎上宫，送我乎淇之上矣。"这在《诗经》中原本是最著名的大胆之作，所谓"桑间濮上"的男女幽期密约，这一签当也是鼓励情人放胆进行。"求则得之，舍则失之""不愧于天，不畏于人"，这两签都含有强烈的鼓励性：追呀，追呀，怕什么？

还有一些签文含有规劝和指示。如"德者本也，财者末也"，叫人不要为钱而结婚。如"斯是陋室，惟吾德馨"，指此人虽穷，人品却好，可以嫁得。如"不有祝鮀之佞，而有宋朝之美"，照《论语》中原来的解释，是这男人嘴头甜甜的会讨人喜欢，相貌又漂亮，然而是头色狼，绝对靠不住。"可妻也。"这句话也出自《论语》，孔夫子说公冶长虽然被关进了牢狱，但他是冤枉的，结果还是招了他做女婿。"仍旧贯，如之何？何必改作？"这句本来是闵子骞的话，这里大概是说，别三心二意了，还是追求你那旧情人吧。另一条签词中引用孔子的话，恰恰与之相反："后生可畏，焉知来者之不如今也？"好的人有的是，你哪里知道将来的没有现在的好？这个人放弃了算啦。这大概是安慰失恋者的口吻吧。"故好而知其恶，恶而知其美者。"你爱他，要了解他的缺点，你恨他，也得想到他的好处。"其所厚者薄，其所薄者厚。"她虽然对小王很亲热，对你很冷淡，其实她内心真正爱的却是你呢。"其孰从而求之？甚矣，人之好怪也。"这家伙有什么地方值得你这么颠倒呢？唉，连这种丑八怪也要！

另外一些签条是悲剧性的。"谁谓荼苦，其甘如荠。宴尔新婚，如兄如弟。"照余冠英的译法是："谁说那苦菜味儿太苦，比起我的苦就是甜荠。瞧你们新婚如胶似漆，那亲哥亲妹也不能比。"有一签是"斯人也，而有斯疾也，斯人也，而有斯疾也"，虽不一定如孔子的弟子冉伯牛那样患上了麻风病，但总之此人是大有毛病。"则父母国人皆贱之"，"两世一身，形单影只"（出韩愈《祭十二郎文》），"条其啸矣，遇人之不淑矣"（出《诗经·王风·中谷有蓷》），这些签都是令人很沮丧的。

"风弄竹声，只道金珮响；月移花影，疑是玉人来。"那是《西厢记》中张生空等半夜，结果被崔莺莺教训一顿。"夜静水寒鱼不食，满船空载月明归。"那是《琵琶记》中蔡伯喈不顾父母饿死，为人痛斥。求到这些签文的人，只怕有点儿自作多情。最令王老五啼笑皆非的，大概是求到这一签了："或十年，或七八年，或五六年，或三四年！"

162

第四辑　说文

书的"续集"

　　最近收到了好几封读者的来信，询问有一部叫作《天池怪侠》的书，是不是我的作品。虽说是提出询问，其实他们在信中都已表示知道了答案，知道这是别人冒名之作。因为虽然天池怪侠是《书剑恩仇录》中一个重要人物，虽然这部书中也有陈家洛、霍青桐、无尘、李沅芷、常氏双侠、赵半山等等人物，虽然它是从《书剑》结束的地方开始而封面上也署了我的名字，然而文字的风格毕竟是完全不同的。有一位读者寄了几本这种书给我，我见书里的乾隆皇帝自称"孤王"，李沅芷自称"妾"，一个什么老侠自称"老身"，每个人都似乎在唱戏，实在觉得相当有趣。

　　给小说或戏剧写续集，这种兴趣似乎十分普遍。不一定是好的作品才有人写续集，平庸的无聊的作品，也会有人兴致勃勃地提笔续下去。美国片《阿飞舞》难道是一部好影片么？《黑湖妖》难道有任何价值么？然而毕竟还是有《阿飞舞续集》和《黑湖妖续集》。在我国旧小说中，《济公传》的续集恐怕数量最多，然而《济公传》写得实在并不精彩。《七侠五义》之后有《小五义》和《续小五义》，《今古奇观》之后有《续今古奇观》，这都是比较流行的，我一直看到了《九续小五义》和《五续今古奇观》，除了胡闹与无聊，在这些续书中再找不到什么别的。

当时我就觉得很奇怪，既有兴致写作，为什么不另外写一部小说呢？续集已是这样差了，怎么还能不断地续下去？

谈到续书的种类，大约以《红楼梦》为最多了，现在流行的一百二十回本，后四十回就是高鹗续的，而在所有的续书中，恐怕也是高鹗的最为精彩，虽然他对礼法与封建制度的看法，远不及曹雪芹的富于反抗精神，然而他终于继承了原作的悲剧结构。如"候芳魂五儿承错爱"等几段，细腻生动，可以直追原作。此外的续书，如《红楼圆梦》《红楼后梦》《续红楼梦》等，却无一不是糟极谬极。有的说贾宝玉魂游地府，把林黛玉等救活，一个人娶了八个妻妾（除林薛外，还有袭人、晴雯、紫鹃、芳官等）；有的说贾宝玉的儿子贾桂（所谓"兰桂齐芳"，兰是贾兰）出将入相、富贵荣华。我看到的红楼续书大约共有八九种，据说总数有十余种之多。

《水浒》的续集自以陈忱的《水浒后传》最佳，书中叙述李俊到海外为王，发扬梁山的英雄事业，但文笔气度，已远远不及施耐庵。俞仲华的《荡寇志》除前面陈丽卿摆布高衙内一段之外，其余全不足取。

《三国演义》因为已写到司马炎统一天下，实在无可再续，但还是有人写《反三国》，为蜀国扬眉吐气，灭魏灭吴，然因一则违反历史事实，二则写得莫名其妙，这书并不流行。

故意与原作相反的翻案作品，一般说来也是续书，主要只是结局相反。反《西厢记》的《东厢记》（清杨世潆作）写得很差；《锦西厢》（周公鲁作）比较好些，情节很复杂，然而可笑的地方也很多，有一节写张君瑞别了莺莺去赴考，主考官是白居易，出题《月明三五夜》，张君瑞就写了崔莺莺那首"隔墙花影动，疑是玉人来"交卷，结果当然落第，等等。反《琵琶记》的有《后琵琶》，在这书里描写了蔡中郎之死，曹操则变成了好人，去赎回蔡文姬等等。《桃花扇》结局是侯朝宗与李香君出家修行，而《南桃花扇》（顾彩作）则写两人白头偕老。据历史记载，侯朝宗似乎并未出家，顾彩这部作品倒颇有事实根据，但因为才力不及，所以读来也无意味。

随便想一下，旧小说和戏曲中有续书的，实在举不胜举。《说唐》之后，从《罗通扫北》《薛仁贵征东》《薛丁山征西》，一直续到《薛刚反唐》；《杨家将》，从杨老令公续到杨六郎、杨宗保、杨文广，实在续不下去了，于是又来《狄青平西》《五虎平南》。《西游记》则有《西游补》（董说作）。《西游记》是好书，《说唐》的文学价值就低了，《杨家将》更低，但不论好坏，总有人援笔而续。既然《书剑》用的是旧小说体裁，尽管内容毫不足道，但出现续集倒也是合于传统的事，只是在封面上署了我的名字，那位作者似乎是过谦了。

从一位女明星谈起

前几天一位电影界的朋友约我吃饭，谈到吴楚帆先生被选为全国最受欢迎的五位演员之一，我们要怎样替他庆贺，后来谈到了另外一位香港著名女演员到美国去的故事。

电影界流传的故事是这样的：美国一位专以拍摄大场面取胜的电影导演，听人说起香港有这么一位颇有点号召力的中国女明星，就同意请她到美国去试试镜头。这位小姐走了许多门路，才以难民的身份到了美国，但不幸得很，那位导演认为她不大像中国人，洋气太重，请她用几个月的时间来专门"学做中国人"。学了一番之后再试镜头，仍旧不像中国人，在美国做电影演员的梦恐怕就这样吹了。

她明明是中国人，然而这位导演要她学做中国人，而且学了之后仍旧认为学得不好，这岂不是笑话么？但仔细想来，这中间确是有很多道理的。

外国人希望在银幕上看到的中国人，是具有东方美、中国特征的人物。洋气的女人，难道美国还不多么？这个美国导演大概是嫌我们这位女明星的风格没有民族形式吧？（当然，这位美国导演所想象的中国人，也未必是真正的中国人。）

英国人而入日本籍的文学批评家小泉八云，曾在一篇演讲中说，在世界文学史上，几乎没有哪一位作家曾用别国的文字写过一部伟大的作品。英文与法文十分接近，许多英国人从小就说法文，但没有一位英国作家曾用法文写过一部文学杰作。当然，写写普通文章是并不难的，困难之点是在于文字中许多微妙的地方，许多只能意会而不能言传的区别，那是外国的作家所不能掌握的。据我写《书剑恩仇录》的经验，因为这是一部以清代为背景的小说，所有现代的语汇和观念我是以绝大的努力来避免的，比如我设法用"转念头""寻思""暗自琢磨"等等来代替"思想""考虑"，用"留神""小心"等来代替"注意"等等。这部小说只是一部娱乐性的通俗读物，但我想，法国德国那些汉学家们，尽管他们对《尚书》《楚辞》《诗经》极有研究，而我许多古书读也读不大懂，然而他们未必能分辨"留神"与"注意"之间细微的不同。无所谓的通俗小说已是如此，谈到真正的文学著作，那更是重大的事了。

刘伯承将军有一篇谈文艺问题的演讲，我在几年之前读到，一直印象很深。他说他在苏联时，常常想吃回锅肉。苏联没有肉么？当然有，很多，也很好，然而总不及家乡的回锅肉。他认为这就是民族形式的问题。

去年除夕，电影界的朋友们有一个联欢晚会，大家在舞池中跳舞跳得很高兴时，苏秦忽然大声问我："你跳的是'百花错舞'么？"附近的人都哈哈大笑起来，因为他们知道，《书剑》中的陈家洛会使一套"百花错拳"，他每一拳打出来都是错的。再早十几天，中联公司的总经理刘芳兄与一些朋友在一起吃饭。他告诉我一个故事：他与李晨风他们有一天在茶楼上谈《书剑》，谈到如果拍电影，应该怎样拍，后来忽然想不起书中某英雄的绰号来，茶楼的女招待和邻座的茶客都插口进来告诉了他。

我并不认为《书剑》有多大意义，然而谈起这部书或写信给我的人中，有银行经理、律师、大学的讲师，也有拉手车的工人；有七八十岁的老婆婆，也有八九岁的小弟弟小妹妹。在南洋许多地方，它被作为电台广播与街头说书的题材。如果它有什么价值，我想只有一点——"民族形式"。武侠小说是我国文化中一个历史悠久的传统，从唐代的《虬髯客传》《聂隐娘》一直流传到现代。我们写《三剑楼随笔》的人模仿了古来作品的形式来写，因而合了中国读者的心理，唯一的理由只是如此。

当代许多文学家的作品就思想内容和文学价值来说，当然与《七侠五义》《说唐》等等不可同日而语，但为极大多数人一遍遍读之不厌的，主要的似乎还是一些旧小说。戏曲、建筑、舞蹈、音乐等等都在提倡民族形式，而当代一般小说，它们的主要形式却是外来的。这种形式当然很好，然而旧小说的形式似乎也大可利用。我们的武侠小说尽管文字粗疏、内容荒诞，但竟然许多文化水平极高的人也很喜欢，除了它是民族形式之外，恐无别种解释。

谈武侠小说

1994年10月25日，金庸先生在北京大学接受名誉教授荣衔，并做关于中国历史之演讲，继而在10月27日又以武侠小说为题演讲，受到北大学生热烈欢迎。以下是金庸先生在北大谈武侠小说，由林翠芬根据录音记录整理。

各位今天的热烈欢迎，我很感动，这不是因为我有什么学问，有什么所长，而是因为大家喜欢我的小说。（众人鼓掌）

先谈一下武侠小说这个"侠"字的传统。在《史记》中已讲到侠的观念。中国封建王朝对侠有限制，因为侠本身有很大反叛性，使用武力来违犯封建王朝的法律。《韩非子》中说："儒以文乱法，侠以武犯禁"，就是站在统治者的立场表达了这个观点。我以为侠的定义可以说是"奋不顾身，拔刀相助"这八个字，侠士主持正义，打抱不平。历代政府对侠士都要镇压。汉武帝时很多大侠被杀，甚至满门被杀光。封建统治者对不遵守法律、主持正义的人很痛恨。但一般平民对这种行为很佩服，所以中国文学传统中歌颂侠客的诗篇文字很多，唐朝李白的诗歌中就有写侠客的。

武侠小说的三个传统

中国武侠故事大致有两个来源，一个是唐人传奇。唐人传奇主要有三种：一种讲武侠，一种讲爱情，另一种讲神怪妖异。

另一个来源是宋人的话本。宋朝流行说书讲故事，内容大致可分为六种，包括讲历史、佛教故事、神怪、爱情故事、公案（侦探故事），还有一种就是武侠故事，都很受欢迎。

总括来说，中国武侠小说有三个传统：一、诗歌；二、唐人小说；三、宋人话本。唐朝读书人考进士，事先要做些宣传公关工作，希望考试官先有点好印象。枯燥的诗文不能引起兴趣，于是往往写了传奇小说进呈考试官，文辞华丽，有诗有文，而故事性丰富。当时传奇的作用大致在此，因此唐人传奇是"雅"的文学。

宋人话本则是平民的，街头巷尾说书的场合讲的故事，有人记录下来，是"俗"的文学。唐人传奇是文人雅士的作品，文字很美，而宋人话本是平民作品，文字不考究，但故事讲得生动活泼。

后来发展至明代四大小说，《三国演义》讲历史，《西游记》讲神怪，《金瓶梅》讲社会人情（到清朝更发展为重视爱情的《红楼梦》），《水浒传》就是武侠故事了。这个传统曾有中断，鲁迅先生讲中国小说历史时曾说：侠义小说到清代又兴旺起来了，"接宋朝话本正统血脉"，平民文学历七百年又兴旺起来。

中国武侠小说历史很长，在中国文学中有长期传统。

中外武侠故事的异同

武侠故事也不是中国才有，在外国也有，当然表现方式不同。最早有武侠意味的是希腊的史诗，与我们的武侠小说有很多相通的地方（金庸先生接着讲了一些西方文学中武侠故事的梗概，讲到希腊史诗《伊里亚特》中英雄阿喀琉斯拒绝出战，好友被杀，为友复仇而与对方大英雄赫克托环城大战；《奥德赛》中英雄尤里赛斯漫游后归家，力歼滋扰他妻子的众多敌人；讲到英语中最早史诗《布奥华特》中主角协助丹麦国王而与毒龙母子海陆大战的精彩描写，等等）。东西方讲故事手法都很紧凑，很好看，但结局就有很大不同。莎士比亚的《罗密欧与朱丽叶》是悲剧收场，但中国写这些故事，纵然家族有仇，最后男女青年恋爱结婚，家族仇怨化解。例如近代一部著名武侠小说《十二金钱镖》就是这样。中国的武侠故事主要以散文来讲述，西方则用诗歌形式，如法国的《罗兰之歌》。西方直到后期才用散文（金庸接着讲到英国的《亚瑟王之死》、西班牙的《西特》，以及更后期的法国的大仲马、梅里美，英国的司各特、金斯莱、李登·布华、史蒂文孙，等等）。

武侠故事是所有民族都有的，东西方文明传统都有，不过因民族性不同，其主旨也不同。西方的骑士为统治者服务，对皇帝、教会和主人忠心。而中国的这一类作品，代表一种反叛的平民思想，跟当时的政府对抗。后来中国武侠小说也分支了，有一种为政府服务，也有一种是反抗政府的。但中国武侠小说基本思想都不是反对皇帝和政府的，例如《水浒传》就反对贪官污吏、反对为非作歹的官僚，而不是反对法律和反对政府的正统管治。中国人其实一般是尊重法律制度的。贪官污吏、土豪恶霸欺压良民，侠士认为连"王法都没有了"，就要挺身而出，打抱不平。

中国传统文化与小说创作

为什么现在的武侠小说相当受欢迎，这里很多同学老师都看武侠小说。很多年轻女读者不见得对武打感兴趣。有时在外国，有人介绍这位查先生是写中国"功夫小说"的，我就不大喜欢。我这些小说主要不是讲功夫的，而是有其他内容在内。不过外国人不太懂。中国人就会了解，打斗不是武侠小说的根本重要部分，中国过去称之为"侠义小说"。孟子所说的"义"，是指正当合理的行为。"侠义小说"的"义"，强调团结和谐的关系，这也是中国固有的道德观念。

中国的传统小说最近一段时期日渐式微，很少人用中国传统古典方式写小说，现在的小说大多数是欧化的形式。我曾在英国爱丁堡大学演讲，其中一个主题就是，中国古典传统小说至近代差不多没有了。近代有些小说写得很好，内容和表现方式都非常好，但实际与中国传统小说不同。不是说西方形式不好，但我们至少也应保留一部分中国的传统风格。我希望将来与北大中国传统文化研究中心多发生些关系。我觉得中国传统文化有很优秀的部分，不能由它就此消失。我们可以学习吸收外国好的东西，但不可以全部欧化（金庸接着讲述中国当代的戏剧、绘画、音乐、舞蹈、建筑、雕塑中如何仍保持明显的民族风格，而小说则与传统形式有重大距离）。

我想，武侠小说比较能受人欢喜，不因为打斗、情节曲折离奇，而主要是因为中国传统形式。同时也表达了中国文化、中国社会、中国人的思想情感、人情风俗、道德与是非观念。

我们在小说形式上是否可做探讨，在欧化的小说形式作为目前的主流以外，另一个分支，除武侠小说外，也可以用传统方式写爱情故事、写现实的故事。事实上过去有些创作也很成功，像赵树理的《李有才板话》，像老舍、沈从文、曹禺作品的文字和对话，像《新儿女英雄传》。当代有些小说也有中国传统形式和内容，都很受读者欢迎。

我的小说翻译成东方文字，如朝鲜文、马来文、越南文或泰文都相当受欢迎，但翻成西方文字就不是很成功，因为西方人不易了解东方人的思想、情感、生活。

在目前东西方两个文化内容还不是可以完全调和之下，希望我们中国人继承和发展自己的文化艺术传统，同时也不排斥西方文化艺术中的优良部分。（众热烈鼓掌）

答北大同学问

问：您作品中的主人翁都重义气，您是否认为生活中义气最重要？

答：道德观念，包括为人处世是多方面的，"义"是其中的一部分。所谓义，孟子说是合理的、适宜之意。侠义小说特别强调义，因为江湖上流浪的人没有家庭支持，经济上没有固定的生活来源，所谓"在家靠父母，出外靠朋友"，主要的支持就是朋友。对付其他集团的欺压、对付政府的贪官污吏的压迫，就是要团结一批朋友来反抗。要团结人，一定要注重义，互相扶持，为一个共同目标努力，甚至牺牲性命。所以在侠义小说中，"义"被提高到很重的地位。在中国传统道德中，"义"也一直是很重要的，这也是我们中华民族所以能够不断壮大发展的重要力量。

问：您作品中的主人翁常受到很多女性的倾心爱慕，请问您对爱情专一问题有何看法？（众笑）

答：相信这问题是很多青年朋友关心的。我的小说描写的是古代社会，古代没规定要一夫一妻，所以韦小宝有七个老婆。（众笑）有些年轻女读者、甚至我的太太就不大喜欢《鹿鼎记》。但其实清代康熙时一个大官有六七个老婆一点不稀奇嘛！假如只有一个老婆反而不现实。现在武侠小说有很多现代思想加进去，所以，我的小说中，除了韦小宝以外，每个英雄都只有一个太太。（众笑，鼓掌）就像杨过，很多女孩子喜欢他，但他仍是专心不二的，这是一种理想，是否做得到不知道，总之觉得应该这样。就像《笑傲江湖》，我写令狐冲本来很喜欢小师妹，但他的小师妹不喜欢他，这有什么办法。小师妹嫁人了，后来死了，他才跟另外一个女子结婚。我希望，也很鼓励别人从一而终。（众鼓掌）

问：司马迁歌颂的侠士，在后世小说《七侠五义》中为什么变成政府的打手？

答：我也同意。每个时代有变迁，假如侠客成为政府的打手就不是"侠"了。侠士应当主持正义、帮助不幸的人。不过这些小说也力求自圆其说，做政府打手也常是主持正义的，如《七侠五义》《施公案》《彭公案》，反对土豪恶霸、贪官污吏，也是正义；但另一部分则未必。

问：《神雕侠侣》主人翁的命运安排是否刻意追求的悲剧，您怎样看小说的悲剧？

答：我写小说是在报上连载，每天写一段一千字，翌日发表，甚至到外国旅行也要写好寄回来。开始时只写大致几个人物，然后慢慢发展，根据人物个性自然发展，有些是喜剧收场，有些悲剧收场，其中还是大团圆结局较多。悲剧并非故意安排，而是个性发展的结果。

问：日月神教教主这个人物怎样构思的，是否有生活原型？（众

笑，鼓掌）

答：坦白说，因为写这部小说时中国正在"文化大革命"，我个人很反对"文革"的个人崇拜，很反对用暴力迫害正派人。那时我在香港办报，报纸的报道和评论，都是反对当时"四人帮"的统治思想和无聊的个人崇拜。那时我每天要写一段社评和一段小说，写时不知不觉受影响。（众鼓掌）

问：您笔下的英雄是否有自己的心声在其中？

答：我书中的英雄有很多不同类型，自己不可能化身那么多，只希望尽量写不同的人，不要重复；不过若说下笔时完全放开自己的个性与想法也是不可能的，不知不觉间可能反映一部分。并非说我自己有那么好，只是一种希望的寄托。比如对郭靖、乔峰的为人很佩服，令狐冲很潇洒，段誉很随和，我自己做不到，但想能够这样就好了，把理想反映在书中。

问：小说中写的民族心理与文化是否有关？

答：前天我在这里讲了一点我对中国历史的看法。我认为对历史上的"异族统治"应当换一种看法。汉族和其他少数民族都是中华民族的一部分。汉族是多数派，大多数时候主持中央政府，统治少数派。有时多数派腐化了，少数派起来执政，并非中国就此"沦亡"。只能说中华民族许多民族掉换"坐庄"，过几百年换一个民族来主持大局，最后几个民族融化在一起。这个想法我早就有，所以在我的第一部小说《书剑恩仇录》中，陈家洛的两个爱人都是回族。最后一部《鹿鼎记》，韦小宝到底是什么族人也不知道（众笑），他的妈妈交往的男人很多，汉、满、蒙、回、藏都有。此外中间有几部小说，如《白马啸西风》，汉族女子爱上哈萨克族男人。《天龙八部》的主角乔峰是契丹人，爱他的少女是汉人。我觉得民族关系无论在历史或小说中，都应是各民族团结融合的。

问：您为什么不再写武侠小说了？

答：什么事情总有个终点，不能老写下去。武侠小说我已写够了，想要表达的已差不多了。至于是否写历史小说，现在很难说，如果精力够，写一部也很好。

问：大陆上有许多冒名的金庸小说？

答：社会上有人冒名用金庸的名字出版小说，这个我是没办法了。（众笑）有一位叫"全庸"（众笑），还有一位叫"金庸巨"，后面加一个"作"字，连起来就是"金庸巨作"（众大笑），这位先生很聪明。直到三联书店经我正式授权，几年前天津百花文艺出版社为我出版过一套《书剑恩仇录》，那是正式授权而付版税的，此外市面上所有都是翻版。我也不是很生气，能多一些内地读者看到，我也高兴的，当然我收不到版税就不是很高兴。

问：武侠小说前景怎样？

答：这个现在很难说。香港和台湾本来很多人写，现在几乎没有什么人写了。将来希望中国大陆一些好的作家愿意花时间写武侠小说，将来有好的作品。但武侠小说要有历史背景，如果有些年轻人对中国古代社会生活不熟悉，写起来会比较困难。

问：《雪山飞狐》最后结果怎样？

答：这个我就不能讲了！（众笑）要请各位自己想象，写出解答来就不好了。有个读者写信给我说，他为了这个问题常失眠睡不着（众笑），我想对不起了，不过这也可使他印象比较深刻一点。（众笑）

问：您最喜欢自己哪一部作品？

答：真的说不出最喜欢哪一部。写的时候都很投入，写好之后好像自己的儿女一样，有的水平好一点，有的水平差一点，实际上分不出对哪部特别喜欢。我想各位同学看了很多小说，每人最喜欢的也有不同。那比较好，所谓青菜萝卜各有所爱，如果所有女同学都喜欢同一个男人，那就糟糕了。（众笑）

问：《笑傲江湖》要表达的意图是什么？

答：《笑傲江湖》是想表达一种冲淡、不太注重争权夺利的人生观，对权力斗争有点厌恶的想法。中国自古以来的知识分子士大夫大都有这种想法，结果多数未必做得到。大家努力考试做官，想升官发财，但作诗写文章时总会表达一种冲淡的意境，说要做隐士，这也是中国文化传统的一种。要放弃名利权力是很难的事，《笑傲江湖》表达这种传统思想。

问：您小说中有些怪人，像嵇康、阮籍那样，是否受魏晋风流影响？

答：我想是有影响的。魏晋风流受道家、佛家影响。武侠小说常描写很飘逸、不守常规的人。武侠小说喜欢写这些人物。

问：北师大（北京师范大学）有几位教授学者在评论当代文学作品中把您的名字排名很高。您有什么看法？

答：我见到报上的消息，第一个反应是"无论如何不敢当，这几位先生太抬举我了"。觉得不可以这样排。他们也可能从另一种角度，从读者人数比较多来考虑。另一方面，我是当代人，比较了解当代人的心理，有些很出名的小说家已过世，作品虽好，受时代影响，现在看的人比较少。我并不妄自菲薄，轻视武侠小说，但也从来不敢骄傲。对前辈和同时代的作家，我一向都是很尊重的。再者，北师大这几位先生可能也不是真的"排名"，只不过顺便列举。对于艺术的评价，向来总是有主观和个人喜爱的成分。

问：《侠客行》的主人翁完全没有知识，但能领悟绝顶武功，他

不识字，天性很蠢，无欲无求，我们在这里念书念得再用功又怎么样？（众笑）

答：不要紧张，你又不学武，学文学的就要用功念书了。（众笑）我写《侠客行》，是佛教思想中有一种想法：世俗的学问对领悟最高境界可能有妨碍。中国禅宗参禅的目的就是力图摆脱现成的观念，尤其是逻辑和名词的观念。佛家理论说，摒逐世俗的观念，有可能领悟更高一层绝对的观念。当然，我们追求实际的社会知识学问，跟《侠客行》完全不同。假如你不识字，北大绝对不会收你了。（众笑）

问：会再写新的武侠小说吗？

答：新的武侠小说我不想写了，或会想写历史小说。我刚正式从报纸退休，有两条路，一是在大学里混混（众笑），我很喜欢和年轻人交朋友，大家聊聊天，像今天这样的情况当然很高兴。我年纪不小了，但仍觉得增加知识是最愉快的事情，如果能在高等学府里多待些时候也很好。第二条路是再写一两部小说。写小说很辛苦，但我对历史有些看法，也想表达出来，如能安静下来写一两部历史小说也是可能的。

问：乔峰只能是悲剧？

答：这是没办法的，天生的。他一开始生为契丹人（契丹是当时中国北方很大的国家，很多外国人不知中国，就只知道契丹。香港的国泰航空公司，Cathay 就是契丹，就是"契丹航空公司"），那时契丹与汉人的斗争很激烈，宋国与辽国生死之战，民族之间的矛盾冲突这样厉害，他不死是很难的，不死就没有更加好的结局了。

近代小说写悲剧是从人性自然发展出来。西方的希腊悲剧则是人与天神发生关系，发生悲剧因为天神注定如此，与现代观念不同。

问：听说《天龙八部》有部分是倪匡先生代写的？

180

答：因为当时我要出门旅行一个多月，我请好友倪匡先生代笔，写一个单独的故事，当时说明我将来出书时要删掉的，他也同意，所以报上连载时有一段是他写的。印成书时，就没有他代写的那部分了。

问：您小说中的人物是否理想人物的塑造？

答：有部分主角是理想的，但有一部分就不是理想，而是比较现实的。例如写韦小宝，不是作为人生的理想或中国人的理想（众笑），而是写出中国人社会中有这样的一种典型，尤其是在清朝，那时社会制度不很合理的时候，一个人要飞黄腾达，就要有韦小宝作风。

中国人移民海外，大多数人有不同的困难，后来安身立业，发展事业。像韦小宝这种中国人到海外去，有很多，并不一定道德很高尚，但爱朋友、适应环境的能力就很强。（众鼓掌）

问：您认为林平之（《笑傲江湖》中一角）性格如何？

答：林平之的仇恨心很强，从小因别人杀了他全家，按中国武侠小说的规范，他要报仇也是应该的。但把整个人生全部集中在仇恨中，我觉得不值得。这不是中国人的一般性格。中国人在适当的时候可以化解仇恨。

问：您对古龙、柳残阳的小说的看法怎样？

答：古龙的小说没有明确的历史背景，他用一种欧化的、现代人的想法来表达一种武侠世界，另走一条路，他的小说有几部也写得很好。柳残阳的小说比较简单，打得很激烈，看起来很过瘾，但不免太单调了。古龙的小说较有深度，范围比较广，想法很新。他是我相当熟的朋友，现已过世。他的个性中有一个缺点是不太能坚持，大部分小说写了一半，就不写了，由别人代写，所以水准不齐，假如是他自己写完了的，当然水准高得多。

问：您的作品有否真实的事迹作为蓝本？

答：除了正式的历史事实外，小说的故事全部是虚构，没有以哪件真事为蓝本。《连城诀》有一点真实内容，但只是很小部分。

问：您的作品拍成很多电影或电视连续剧，您对作品被改编的看法？

答：假如编导先生觉得小说故事太长了，删改没问题，但希望不要加进很多东西。（众笑）只要不加我就满足了。

问：《天龙八部》的思想主题是什么？

答：《天龙八部》部分表达了佛家的哲学思想，就是人生大多数是不幸的。佛家对人生比较悲观，人生都要受苦，不管活得怎样好，最后总要死，当然没办法。佛家思想讲人生真谛有深刻的理解。

《天龙八部》表达一部分佛家思想：人生有很多痛苦，无可避免，但从另一角度看，遇到悲伤时要能平心静气地化解。对于世上的名利权力不要太过执着，对于人世间的种种不幸要持一种同情、慈悲、与人为善的态度。佛家哲学的精义不是悲观消极，而是要勉为好人，尽量减少不太好的欲望。

问：您的小说搬上银幕后表现方式大大不同？

答：我也觉得不太满意。不过拍电影、电视也很难，恐怕所有改编小说都会遇到这样的困难。我只希望他们改得比较少一点就是了。

问：中国小说和文笔的关系怎样？

答：中国有许多作家文字精练，如老舍先生、沈从文先生。但现代有些作家不很注重文字，好多人的文笔有点公式化，都差不多，看不出风格，写作方式很欧化，结构是西方文法，没有中国传统的写作方式。我认为中国的传统文体、美的文字，一定要保留发展。有些作品我们看了一遍又一遍，如《红楼梦》《水浒传》，并非看故事，而是看文章，与作品文字好不好有关。假如写小说只讲故事、讲思想、讲主题，而文字不美，假如中国精练独特的优美文笔风格渐渐不为人重视了，那是很可惜的。当然我绝不是说我的文笔好，而是说希望努力从中国的文学宝库中吸取营养。

问：您对王朔的作品看法如何？

答：王朔先生的文字口语化，语句俏皮，是中国式的，读起来兴味很高。并非我都同意他的意见，而是说他表达的方式能受人欢迎。陈忠实先生的《白鹿原》，邓友梅先生的《烟壶》，最近还有一部《最后一个匈奴》，以及《曾国藩》《李鸿章》等历史小说，表达方式都相当中国化，读者容易接受。

问：《笑傲江湖》的时代背景是否明朝正德至崇祯年间？

答：大致是明朝吧，没有具体时代背景。因为我想这种权力斗争、奸诈狡猾，互相争夺权位的事情，在每个朝代都会发生。如果有特定的时代背景，反而没有普遍性了。这位同学估计是在明朝正德至崇祯年间，我想他很有历史知识，大致差不多。

问：您最偏爱哪一个女性？

答：我尽可能写各种各样人物，有些女性很坏的也写，像《天龙八部》的马夫人。（众笑）有些女性很会下毒，那肯定很危险的（众笑），也有会下毒而人很好的，像《飞狐外传》的程灵素。至于问我喜欢哪个，真的很难说，我看每人喜欢的也不同。我希望把这些女性写得可爱些，你看了会觉得有这样一个女朋友挺不错、挺幸福。（众鼓掌）

问：武侠小说可否不以封建社会为背景？

答：我想可以的，以现代为背景。"侠"主要是愿意牺牲自己、帮助别人，这是侠的行为。侠不一定是武侠，文人也有侠气的。李白《侠客行》写的都是不会武功的，但有侠气，所以其他社会背景也可以写侠，也可以另走一条路。有这种品格的人，不一定会武功的，而且在现代，武功也没什么用了。

问：《天龙八部》的三个主人翁段誉、乔峰、虚竹的性格有何不同？

答：他们代表不同个性。段誉虽然是大理人，不算是汉人，但也有中国文化传统，人很温和文雅，脾气很好，很容易交朋友。乔峰有阳刚的一面，都是中国文化传统中很好的品格。虚竹是出家人，个性与汉族文化有点距离，很固执，宗教思想很浓。

问：请谈一下小说中的一夫多妻制、一夫一妻制。

答：一夫多妻制是历史性的，所有民族都是从一夫多妻制演化过来的。更早的母系社会是一妻多夫，慢慢再一步步发展。我们写武侠小说写古代社会，但尽可能写爱情专一，相信读者也希望看到爱情专一的故事。中国古代文学中也有写爱情专一而十分感人的作品，如诗歌《华山畿》《孔雀东南飞》等等。

问：您小说中有很多的中国历史知识，哪里得来的？（笑）

答：我没有能在北大历史系念书很有点遗憾。不过我一向喜欢读历史书，慢慢地学到一些历史知识。

问：武侠小说在您生命中的比重大不大？

答：实际上最初比重不大，我主要的工作是办报纸，但是现在比重愈来愈大。现在报纸不办了，但是小说读者好像愈来愈多，在大陆、香港、台湾和欧美的中国人当中，小说读者都很多，这是无心插柳了。我本来写小说是为报纸服务，希望报纸成功。现在报纸的事业好像容易过去，而小说的影响时间比较长，很高兴有这样的一个成果。

（听众长时间鼓掌）

历史人物与武侠人物

1994 年，我曾经来台北参加一个和杨照先生、詹宏志先生一起的谈话会（由《中国时报》副刊"人间"、远流出版社合办），谈话内容相当丰富，是我到过几个城市中印象很深刻的。听众程度很高，而且问题十分深入，很有深度，和台北的朋友见面实在开心。

今天在这里看到这个场面，好像各路英雄好汉来此参加武林大会一样。其实我本人不大喜欢开演讲会，过去我办《明报》时，若有意见就写社评，不过这有个缺点，就是一个人自说自话，没有讨论，讲得自以为对了，其实对不对也不知道。所以我不爱演讲，但爱对话。

《中国时报》"浮世绘"版开办"金庸茶馆"，早期本来想叫"金学研究"，但"金学研究"这四个字很不敢当。我的小说不能当成学问，所以金学不成立，但叫"金庸茶馆"，读者有兴趣的，大家可以坐下来聊聊天，批评、斥骂、称赞都好，今天"金庸茶馆"开张，大家坐在这里，对我或我的小说有任何不满意的，都欢迎提出意见。

我的小说一向写人物，而历史又是我一向比较有兴趣的，所以将讲题定为"历史人物与武侠人物"，大家来听演讲，想必是对我小说中的人物感兴趣。

以前有很多人问过我，我最喜欢哪些历史人物？如果让我选，我最想当哪个历史人物？其实中国历史最舒服的人是乾隆皇帝，一生下来就是皇子，皇位争夺问题也不严重，也没做过什么杀人放火的大坏事，一生舒舒服服当个太平皇帝，还为中国建立很大的版图，荣华富贵至死，也没什么家庭悲剧，他的人生是很圆满幸福的。

西方人的文化背景不同，大家都知道史诗《伊里亚特》的故事：希腊人去打特洛伊城，就为了一个美人海伦，海伦现在成了西方社会中美人的代名词。在希腊神话中，有三个女神，一个是希腊大神的妻子朱诺、一个是雅典城的守护神雅典娜、一个是爱神维纳斯，她们三个一向自认最美，便请特洛伊城的王子评定谁最美丽。这个评定是经过贿赂的，当然不公道，说来这种选举文化不但最差，也最落后。

朱诺贿赂王子，要给他全世界最多的金子、财富；雅典娜要给他全世界最大的智慧，成为最聪明的人；维纳斯则说，可以给他全世界最美的女人作为爱人。

王子心想，他已经财富不少，而当个聪明人有什么好？所以把金苹果给了维纳斯，希望得到全世界最美的女人——他得到了海伦。

如果把这个问题回到自己，你我会做怎样的选择？我想选最有财富或最聪明的人都不少，选最美的人可能希望得到自己最爱的女人，但你爱的女人不一定最美丽，最美丽的也未必是最好的爱人。

西方人的想法和中国人相当不同，如果你问我究竟想当哪种人，我总希望自己有很大的聪明智慧，可以解决人生的很多问题。

世界上的哲学家归纳人生，最后总会发现人生其实很痛苦，有很多问题不能解决。释迦牟尼讲生、老、病、死，都是痛苦的，佛家还提到"怨憎会"，一个自己不喜欢的人老是如影随形跟在旁边，分也分不了，这是一种痛苦；还有"爱别离"，和自己亲密的人分离也是痛苦；还有"求不得"，想得到的东西，最后总是得不到，想研究某种学问，老是弄不懂，想考哪个大学考不进去，做生意想赚一笔钱赚不到，想发展很好却不成功，总之世界上有很多事情求不得，因为求不得而有痛苦。

佛家解决的方法是得智慧，得到智慧后，这些痛苦的事情就能解决，因为看破了人生之痛苦无可避免。

智慧与聪明不同，聪明可以解决小问题，智慧却能解决大问题，如果实在求不得，就不要求它，不求就没有痛苦。中国人讲"人到无求品自高"，一个人如果不执着追求一件东西，人品自然会高尚，想争取，自然要委屈自己，到了什么都不追求的境界，人品也就清高，逍遥自在。要达到这种境界，当然要有很大的智慧。

过去也有人问过我想当中国历史上的哪两个人，我说我想当范蠡和张良这两个聪明人，他们建立了很大的功业，但后来功成身退，也不贪，也没做什么大官，逍遥自在，这种人很难得。

张良了不起，但有朋友认为范蠡更了不起，因为他带最漂亮的女人走了，不当官后，变成陶朱公做生意，发大财，听起来是很理想的人生。但这种想法其实是很自私的，一切欲望都满足了，对别人却没什么帮助。范蠡除了帮越国把吴国灭掉之外，便没其他，张良总还帮刘邦建立起汉朝——也许这两个有智慧的人基本上都很有成就，但贡献有别。

谈到武侠，我认为武侠小说应该正名，改为侠义小说。虽然有武功有打斗，其实我自己真正喜欢的武侠小说，最重要的不在武功，而在侠气——人物中的侠义之气，有侠有义。

台湾流行崇拜关公，关公的武艺高强没有话说，但他真正受人崇拜，还在于他讲义气，所以民间社会称他关公，他的地位和帝王同高。义气在中国社会中是相当重要的品德，外国人对亲朋好友讲 love，中国人讲情之外，还讲义，所以要有情有义，单单有情是不行的。做生意谈不成，没关系，彼此之间的"义"——良好关系还是存在的，所谓"买卖不成仁义在"。

武侠小说不管任何情况，这个"义"是始终维持的，历史人物或武侠人物，"义"都是很重要的批评标准。外国人问我，"侠"的定义是什么？因为外国人总认为，所谓"侠"只要效忠于某一教会、某一组织，这样道德便很完美，但中国人的"侠"，包括毫无目的地帮助人家，可能还会牺牲自己。

我写的武侠小说中，有的自认武功第一，一心要找人比武、把人打败，这种人无所谓侠不侠，主要是想得到名誉与地位，想压倒旁人。

与人比武争天下第一不一定是坏事，但也不见得是好事。有人为了朋友，找人报仇，满足自己一种报仇的心理，有时是正义行为，但也不一定是好事。

在我看来，真正侠义的行为，是自己没什么好处可得，也可能会牺牲自己的生命，如能为国为民，更是"侠之大者"的风范。

问：您所创造的武侠人物中，谁是您自己的化身？

答：我的小说中没有自己的化身。小说人物只是在满足自己的想象，我会去揣想如果我是这个人，我应该怎么反应？如果我有这个武功，要对付这个人，要怎么对付？有些个性，是我希望的，他武功很好，人家对不起他，他不记恨也不报仇，总是"算了算了"的态度。

问：您的武侠作品中充满侠义，但结局多为退隐江湖，请问您对退隐江湖的具体看法？

答：退隐江湖可能只适用于古代社会，用现代观点看可能很不合理，但武侠人物不退隐江湖也没有其他退路了。如果你武功很好，结合一批人推翻前朝自己做皇帝也许比较圆满。不过像明太祖朱元璋，把一些觉得元朝不好的人团结起来，推翻了前朝，然后自己做皇帝，可是他皇帝做不好，其他不满意的人就干脆任由他乱搞，也不参与了。

问：您的小说中，男主角总是有一堆女主角爱他，像琼瑶小说都是一个女主角有一堆男生爱她，请问您的爱情观？另外，在您的小说中，女主角的个性都不如男主角发展得完整，您会不会觉得遗憾？有没有考虑以女侠来当作小说中的主角？

答：我是男人，所以对于女性心理没办法充分了解，如果把女侠当主角，要自己去想她可能会怎样怎样，这个很不容易，写男的，自然会有那些反应，比较简单，要跟人家打架，也不用先梳头、涂唇膏化妆一下再出去。

问：如何写一部武侠小说？如何取材构思？您的小说结构绵密复杂，常常看到后面忘了前面，却又前后呼应、安排巧妙，请问是否曾经过沙盘推演，精心排练？

答：我写小说都是一天写一段，有些一写二三年，有时候写到后面忘了前面是否交代过，有时没有伏笔，事后补救，反正读者看到时都被补齐了。所以后来要一改再改，因为前面的写得不完备。

问：在您的小说中，举凡棋艺、武功、医学、佛学都有深刻的钻研，令人叹为观止。请问在现实生活中，如何造就如此深厚的功力？

答：写小说是你懂的就写下来，不懂的就可以不写，不像教书，如果学生要问你，不懂是不行的，武侠小说完全由作者控制，你不懂的，书中人物也不懂嘛！写小说可以慢慢查，如果有查不到的，就换一种病、换一种药。

问：能不能请问您封笔的原因？

答：现在写小说已经没有动机了。以前是为了报纸销路，现在报纸也不办了，写小说是相当辛苦、相当痛苦的，尤其连载每天都要写一段不能停的，如果要到国外旅行，不是先写好几段留下来，就须带到国外，晚上不睡觉拼命写，一大早快信寄回来，心理压力很大。将来我也希望有充裕的时间再写小说，写那种有很大娱乐性、自己写了也高兴的，可以分享自己的经验。自己胡思乱想，几千几万人跟着自己胡思乱想，会觉得很有趣。

问：为何您认为宋朝是中国的盛世？以一个过度重视文治而轻视武功的国家，是否足为太平盛世的基础？

答：宋朝是中国最兴旺的时代，当时资本主义开始萌芽，整个生产力兴盛，不论生产、技术、文化、艺术都是全世界最高的，俄国、美国尚未开发，英、法、德要和宋朝比还差好些，相差远得很，每一个时代都有优缺点，应该全面检讨，宋朝的文官制度、考试制度健全，人民生活大致安定，但国防不强，受人侵略。

问：您对康熙皇帝的评价，是否为中国皇帝第一人？还有您对孔子的看法。

答：在中国皇帝中，我对康熙的评价很高，他不但思想开明，而且很好学，还去学外国的学问。另外我很欣赏汉文帝，他的风度很好。他在去世前，写了一个遗诏说他一生做了很多错事，真正对不起，向全国人民道歉，这种风度很难得。如果发生灾害如地震、水灾时，他就写文章向全国人民道歉，说因他做得不好，所以上天惩罚他，自己感到很抱歉，批评自己。以前皇帝是圣人，从没有做错事的时候，错的都是其他人。另外汉朝的汉光武帝也很好，对待人民泱泱大度。

孔子是万世师表，有教无类，每个中国人的生命中都留有孔子的教化，尤其他的"克己复礼"，克己就是能克制自己过分的不正当欲望，而礼的范围很广，包括制度、文化、法律等等。

英国哲学家罗素写过一本书叫《自由与组织》，十八世纪、十九世纪时最大的困难，就是个人想发展个人主义，争取自由，但背后有个国家，如果过分争取个人自由，缺少组织，国家就会无力，所以自由和组织都应有所限度，不要逾越，也不能任由国家权力无限膨胀，漠视人民自由。

孔夫子的"克己复礼"就是个人自由的自我约制、国家的规范与制度建立，解决矛盾，才得以安定。

在两千多年前孔子就有凡事以"仁"出发的想法，我以为他是很了不起的大人物。

问：历史小说和武侠小说最大的不同点？名历史小说家高阳先生的历史小说是否有可借鉴之处？如果您写"红顶商人"，您会如何诠释？

答：我很喜欢高阳先生的小说，历史小说有个基本范围，为历史事件所局限，限制较多，想象空间较少，像《鹿鼎记》比较像历史小说，但真正的历史小说，只有可能让韦小宝娶七个老婆，却不能创造出韦小宝和俄国打仗。"红顶商人"胡雪岩是我同乡，杭州人，他有十三个太太，他卧室里有十三部电话，每个电话接到他一个太太房里。

问：请问对曹操和武则天两人的评价。

答：这两个人在历史学角度来看都是了不起的人。曹操曾经自豪地说，如果没有我，东汉末年生灵涂炭，不少人称王称霸，我让人民生活好过一些。这句话是真的。当时群雄各踞一方，做生意的人要越过各个割据者的关卡，关卡收钱收个没完，人民哪受得了。一旦统一，一路可以畅行无阻，经济自然发达，对中国经济有其贡献。但曹操一旦占了某个城市，就下令屠城，实在太过残酷而没必要，如果他不做这些事，早就统一中国了。

问：请问对苏东坡先生的看法。

答：苏东坡什么都会，书法、绘画、诗、词、文章、政治、为人品格都是第一流的，本身才能又好，更令人羡慕的是，连父亲、弟弟都是一流的文学家，这种事机缘难求。

问：请问您是否有"偶像"或崇拜的人？

答：历史上我崇敬岳飞，他为了国家，抵抗外敌，牺牲自己的利益，但最后被冤枉害死。司马迁、司马光我也很佩服。

问：黄蓉适不适合生活在这个年代？她会不会参加联考？

答：黄蓉如果参加联考，我怀疑她会作弊，她很聪明，学物理、数学都很快，当然不需要作弊，但她的性格要求完美，如果有题目做不出来，她一定会想办法作弊，而且作弊老师也抓不到。

问：在您的小说女性人物中，最希望谁当老婆？

答：很多男人觉得，女性最好不要太能干，所以如果黄蓉当老婆，大家都怕，什么自由都没了，但我喜欢黄蓉当老婆，有这样的好老婆，我不会去再找别人了。

问：您如何看待韦小宝？为何前半部的韦小宝看来温情，后半部却是滥情又邪恶？

答：这是一个男人成长的必然。普遍来说，男人对爱情，是年纪越大越差劲，一方面他经验丰富，另一方面，物质条件和权力都更大，所以欺负女性的机会也会增加。

问：请问您如何创造出岳不群这号人物，是否与周遭生活有关？可否从心理层面分析？

192

答：我是一步步推想岳不群这样的人物，其个性、年纪、性格特征、动机如何，以及他想达成的目的为何，依其才能与个性，为求目的会采取怎样的手段，遇到困难时会怎样解决。岳不群这种人的心理，可能发生在很多人身上，但一般人武功没他高、用心没他深刻而已，我特别强调了他深谋远虑的部分，其实生活上用心机、用诡计的人，处处可见。

问：您自己可能是下一世代眼中的历史人物，您如何看待自己这个位子？历史人物与政治之间，究竟应持何种态度？

答：中国传统历史人物一向与政治不可分。司马迁写《史记》中的列传，以人物为主角，居全世界第一位，没人早过《史记》。后来的《希腊罗马名人传》也以个人为主体，但年代迟了许多。

中国整体社会习惯，对政治特别重视，除了政治人物，历史书中的其他人物都被安置在比较不重要的位置，像《儒林传》《列女传》《奸佞传》虽也都以人为主，但都不如政治人物来得重要。

至于我个人是否能成为历史人物并不重要，看来也没有希望，因为我没有什么成就，以后恐怕也不会有什么贡献。我只希望一二百年后，还会有人喜欢读我的书。

问：请说明"无招胜有招"的境界。

答：整个社会其实还存在着教条主义，什么东西都有某某主义，这样招数便已经固定，其实社会千变万化，很多事情是古人想不到的，像现代科技的电脑网络，恐怕列宁、孙中山都想不到吧！教条不适用，正如无招，没有固定的信念，发生什么事情，就用实际的方法解决。又如比武，看对方出了什么招，找出他的缺点，一剑便刺死，这就是无招。

问：请问您小说中的武侠人物是如何赚钱过生活的？

答：有些武侠人物当镖客赚钱，这是比较下等的，有些门派是地主，像少林派、武当派，可以自己过生活的。有些派别比较穷，像华山派的令狐冲，如果师父不给钱，他连酒也买不起，大致上，这些侠客都是穷的居多。经济活动不是武侠小说的主要题材，所以常常略过不提。

问：是否曾在现实生活中找到与武侠小说中气质或个性相当的人？

答：我想找不到的，因为小说中的人物性格都夸张化了，真实生活中根本就没有这么可爱的女性或男性，那些都是不现实的。

问：小说中的女性大多貌美如花，唯独程灵素，个性相当与众不同，请问创作她的动机是什么？

答：可爱的女性不一定漂亮，漂不漂亮是父母天生的，自己努力不来，但是漂亮的人不一定好，我的小说中，好的女性又漂亮，当然是得天独厚，但是这种事不常遇到。相貌太好有时是一种缺点，自恃美貌往往不守规矩、做事过分，别人也纵容她，这样对她不好，很多男人不会喜欢。程灵素相当可爱，她人聪明，用情又专一，很难得。人不可貌相，相貌和品性完全无关。

问：为何杨过不适合现实社会，而令狐冲却适合？

答：杨过是个完全不妥协的人，而令狐冲比较无所谓、随便一点，在社会中遇到问题不太计较，他比较逍遥自在，凡事不一定非如此做不可。

问：黄蓉这样的天之骄女，为何会爱上郭靖这样的傻小子呢？

答：爱情是有补偿作用的，常常你喜欢一个人，他和你的个性却有很大不同，像黄蓉如此聪明伶俐，看到郭靖如此诚实，会感受到彼此性格的可贵。

194

问：您看不看从您小说改编的电影、电视？您觉得谁演得最传神？

答：从我的小说改编的很多，编剧先生们又喜欢改，我看了不太满意，我认为小说长，删没问题，但最好不要加，但电影、电视的编剧先生们就偏偏喜欢加一点东西，像《射雕英雄传》中让黄药师养一只猫，中国传统养狗是可以理解的，养猫的情况就很少。

问：请问小说中的历史人物中是否会掺杂个人情感，喜欢的写好一点，不喜欢的写坏一点？

答：这是必然的。加上历史人物，是为了增加真实性，有历史人物陪衬，读者会觉得小说故事可靠性多一点，但也因此加了不少个人想象。

问：杨过和小龙女的爱情不见容于现实，除了遁世，还有无其他方法，有情人可以相守？

答：这两个人的个性和宋代的专制保守社会是很难调和的，如果不遁世，会搞得天翻地覆，社会问题只会更多。

韦小宝这小家伙

一

人的性格很复杂。

平常所说的人性、民族性、阶级性、好人、坏人等等，都是极笼统的说法。一个家庭中的兄弟姊妹，秉受同样遗传，在同样的环境中成长，即使在幼小之时，性格已有极大分别。这是许许多多人共同的经验。

我个人的看法，小说主要是在写人物、写感情，故事与环境只是表现人物与感情的手段。感情较有共同性，欢乐、悲哀、愤怒、惆怅、爱恋、憎恨等等，虽然强度、深度、层次、转换，千变万化，但中外古今，大致上是差不多的。

人的性格却每个人都不同，这就是所谓个性。

罗密欧与朱丽叶，梁山伯与祝英台，贾宝玉与林黛玉，他们深挚与热烈的爱情区别并不太大。然而罗密欧、梁山伯、贾宝玉三个人之间，朱丽叶、祝英台、林黛玉三个人之间，性格上的差别简直千言万语也说不完。

西洋戏剧的研究者分析，戏剧与小说的情节，基本上只有三十六种。也可以说，人生的戏剧很难越得出这三十六种变型。然而过去已有千千万万种戏剧与小说写了出来，今后仍会有千千万万种新的戏剧上演，有千千万万种小说发表。人们并不会因情节的重复而感到厌倦。

因为戏剧与小说中人物的个性并不相同。当然，作者表现的方式和手法也各有不同。作者的风格，是作者个性的一部分。

二

小说反映作者的经验与想象。有些作者以写自己的经验为主，包括对旁人的观察；有些以写自己的想象为主，但也总有一些直接与间接的经验。武侠小说主要依赖想象，其中的人情世故、性格感情却总与经验与观察有关。

诗人与音乐家有很多神童，他们主要抒写自己的感情，不一定需要经历与观察。小说家与画家通常是年纪比较大的人。当然，像屈原、杜甫那些感情深厚、内容丰富的诗篇，神童是决计写不出的。

小说家的第一部作品，通常与他自己有关，或者，写的是他最熟悉的事物。到了后期，生活的经历复杂了，小说的内容也会复杂起来。

我第一部小说《书剑恩仇录》，写的是我小时候在故乡听得熟了的传说——乾隆皇帝是汉人的儿子。陈家洛这样的性格，知识分子中很多。杭州与海宁是我的故乡。《鹿鼎记》是我到现在为止的最后一部小说，所写的生活是我完全不熟悉的，妓院、皇宫、朝廷、荒岛……韦小宝是我完全不熟悉的市井小流氓，我一生之中从来没有遇到过半个。扬州我只到过一天，生活也无体验。

我一定是将观察到、体验到的许许多多人的性格，主要是中国人的性格，融在韦小宝身上了。

他性格的主要特征是适应环境，讲义气。

三

中国的自然条件并不好。耕地缺乏而人口极多。然而中华民族是今日世界上唯一留存的古民族。埃及、印度、希腊、罗马等等古代伟大的民族早已消失了。中国人在极艰苦的生存竞争中挣扎下来，至今仍保持着充分活力，而且是全世界人口最多的民族，当然是有重大原因的。从生物学和人类学的理论来看，大概主要是由于我们最善于适应环境。

最善于适应环境的人，不一定是道德最高尚的人。遗憾得很，高尚的人在生存在竞争中往往是失败者。

中国历史上充满了高尚者被卑鄙者杀害的记载，这使人读来很不愉快。然而事实是这样，尽管，写历史的人通常早已将胜利者尽可能地写得不怎么卑鄙。历史并不像人们所希望的那样，是好人得到最后胜利。宋高宗与秦桧杀了岳飞，而不是岳飞杀了秦桧。有些大人物很了不起，但他们取得胜利的手法却并不怎么高尚，例如唐太宗杀了哥哥、弟弟而取得帝位，虽然，他的哥哥、弟弟不见得比他更高尚。

中国历史中又充满了汉人屠杀少数民族的记载，使用的手段常常很不公道。我们有一种习惯，在和外族斗争中，只要是汉人做的事，都是应当受到赞扬的。班超偷袭匈奴使者，所用的方式在今日看来简直匪夷所思。

其他国家的历史其实也差不多。英国、俄国、法国等等不用说了。在美国，印第安人的道德不知比美国白人高出了多少。

从国家民族的立场来说，凡是有利于本国民族的，都是道德崇高的事。但人类一致公认的公义和是非毕竟还是有的。

值得安慰的是，人类在进步，政治斗争的手段越来越文明，卑鄙的程度总体来说是在减少。大众传播媒介在发挥集体的道德制裁作用。从历史观点来看，今日的人类远比过去高尚，比较不这么残忍，不这么不择手段。

四

韦小宝自小在妓院中生长，妓院是最不注重道德的地方；后来进了皇宫，皇宫又是一个最不讲道德的地方。在教养上，他是一个文明社会中的野蛮人。为了求生存和取得胜利，对于他来说没有什么是不可做的，偷抢拐骗、吹牛拍马，什么都干。做这些坏事的时候，他从来不觉得良心有什么不安，他根本不以为这些是坏事，做来心安理得之至。吃人部落中的蛮人，绝不会以为吃人肉有什么不应该。

韦小宝不识字，孔子与孟子所教导的道德，他从来没听见过。

然而孔孟的思想影响了整个中国社会，或者，孔子与孟子是归纳与提炼了中国人思想中美好的部分，有系统地说了出来。韦小宝生活在中国人的社会中，即使是市井和皇宫中的野蛮人，他也要交朋友，自然而然会接受中国社会中所公认的道德。尤其是，他加入天地会后，接受了中国江湖人物的道德观念。不过这些道德规范与士大夫、读书人所信奉的那一套不同。

士大夫懂的道德很多，做到的很少。江湖人物信奉的道德极少，但只要信奉了，通常不敢违反。江湖上唯一重视的道德是义气，"义气"两字，从春秋战国以来，任何在社会上做事的人没有一个敢忽视。

中国社会中另一项普遍受重视的是情，人情的情。

五

注重"人情"和"义气"是中国传统社会中的特点，尤其是在民间与下层社会中。

统治者讲究"原则"。"忠"是服从和爱戴统治者的原则，"孝"是确定家长权威的原则，"礼"是维系社会秩序的原则，"法"是执行统治者所定规律的原则。对于统治阶层，忠孝礼法的原则神圣不可侵犯。皇帝是国家的化身，"忠君"与"爱国"之间可以画上等号。

"孝"本来是敬爱父母的天性，但统治者过分重视提倡，使之成为固定社会秩序的权威象征，在自然之爱上，附加了许多僵硬的规条。"孝道"与"礼法"结合，变成敬畏多于爱慕。在中国的传统文学作品中，描写母爱的甚多而写父爱的极少。称自己父亲为"家严"，称母亲为"家慈"，甚至正式称呼中，也确定父严母慈是应有的品格。似乎直到朱自清写出《背影》，我们才有一篇描述父爱的动人作品。"忠孝"两字并称之后，"孝"的德行被统治者过分强调，被剥夺了其中若干可亲的成分。汉朝以"孝"与"廉"两种德行来选拔人才，直到清末，举人仍被称为"孝廉"。

在民间的观念中，"无法无天"可以容忍，甚至于，"无法无天"蔑视权威与规律，往往有一些英雄好汉的含义。但"无情无义"绝对为众人所不齿。一个无法无天的人有真正朋友，无情无义的人绝对没有，被摒绝于社会之外。甚至于，"无赖无耻"的人也有朋友，只要他讲义气。

"法"是政治规律，"天"是自然规律，"无法无天"是不遵守政治规律自然规律，"无赖无耻"是不遵守社会规律。在中国传统社会中，"情义"是最重要的社会规律，"无情无义"的人是最大的坏人。传统的中国人不太重视原则，而十分重视情义。

六

重视情义当然是好事。

中华民族所以历数千年而不断壮大，在生存竞争中始终保持活力，给外族压倒之后一次又一次地站起来，或许与我们重视情义有重大关系。

古今中外的哲人中，孔子是最反对教条、最重视实际的。所谓"圣之时者也"，就是善于适应环境、不拘泥教条的圣人。孔子是充分体现中国人性格的伟大人物。

孔子哲学的根本思想是"仁"，那是在现实的日常生活中好好对待别人，因此而求得一切大小团体（家庭、乡里、邦国）中的和谐与团结，"人情"是"仁"的一部分。孟子哲学的根本思想是"义"。那是一切行为以"合理"为目标，合理是对得住自己，也对得住别人。对得住自己很容易，要旨在于不能对不起人，尤其不能对不起朋友。

所谓"在家靠父母，出门靠朋友"。父母和朋友是人生道路上的两大支柱。所以"朋友"与"君臣、父子、兄弟、夫妇"的关系并列，是"五伦"之一，是五大人际关系中的一种。西方社会、波斯、印度社会并没有对朋友的关系提到这样高的地位，他们更重视的是宗教，是神与人之间的关系。

一个人群和谐团结，互相爱护，在环境发生变化时尽量采取合理的方式与之适应，这样的一个人群，在与别的人群斗争之时，自然无往而不利，历久而常胜。

古代无数勇武强悍、组织紧密、纪律森严、刻苦奋发的民族所以一个个在历史上消失，从此影踪不见，主要是他们的社会缺乏弹性，在社会教条或宗教教条下僵化了。没有弹性的社会，变成了僵尸式的社会。再凶猛剽悍的僵尸，毕竟是僵尸，终究会倒下去的。

七

中国的古典小说基本上是反权威的。

《红楼梦》反对科举功名，反对父母之命的婚姻，颂扬自由恋爱，是对当时正统思想的叛逆。《水浒传》中的英雄杀人放火、打家劫舍，虽然最后招安，但整部书写的是杀官造反、反抗朝廷。《西游记》中最精彩的部分是写孙悟空大闹天宫，反抗玉皇大帝。《三国演义》写的是历史故事，然而基本主题是"义气"而不是"正统"。《封神榜》作为小说并不重要，但对民间的思想风俗影响极大，写的是武王伐纣，"天下者非一人之天下，唯有德者居之"，最精彩部分是写哪吒反抗父亲的权威。《金瓶梅》描写人性中的丑恶（孙述宇先生精辟地分析指出，主要是刻画人性的贪、嗔、痴三毒），与"人之初，性本善"的正统思想相反。《三侠五义》中最精彩的人物是反朝廷时期的白玉堂，而不是为官府服务的御猫展昭。

武侠小说基本上承继中国古典小说的传统。

武侠小说所以受到中国读者的普遍欢迎，原因之一是，其中根本的道德观念，是中国大众所普遍同意的。武侠小说又称为侠义小说。"侠"是对不公道的事激烈反抗，尤其是指为了平反旁人所受的不公道而努力。西方人重视争取自己的权利，这并不是中国人意义中的"侠"。"义"是重视人与人之间的感情，往往具有牺牲自己的含义。"武"则是以暴力来反抗不合正义的暴力。中国人向来喜欢小说中重视义气的人物。在正史上，关羽的品格、才能与诸葛亮相差极远，然而在民间，关羽是到处受人膜拜的"正神""大帝"，诸葛亮不过是个十分聪明的人物而已。因为在《三国演义》中，关羽是义气的象征而诸葛亮只是智慧的象征，中国人认为，义气比智慧重要得多。《水浒传》中武松、李逵、鲁智深等人既粗暴，又残忍，破坏一切规范，那不要紧，他们讲义气，所以是英雄。许多评论家常常表示不明白，宋江不文不武，猥琐小吏，为什么众家英雄敬之服之，推之为领袖。其实理由很简单，宋江讲义气。

"义气"在中国人道德观念中非常重要。不忠于皇帝朝廷，造反起义，那是可以的，因为中国人的反叛性很强。打僧谤佛，咒道骂尼，那是可以的，因为中国人不太重视宗教。偷窃、抢劫、谋杀、通奸、残暴等等罪行，中国民间对之憎厌的程度，一般不及外国社会中之强烈。但不孝父母绝对不可以，出卖朋友也绝对不可以。从社会学的观念来看，"孝道"对繁衍种族、维持社会秩序有重要作用，"义气"对忠诚团结、进行生存竞争有重要作用，"人情"对消除内部矛盾、缓和内部冲突有重要作用。

同样是描写帮会的小说，西洋小说中的《教父》《天使的愤怒》《最后的教父》等等中黑手党的领袖，可以毫无顾忌地残杀自己同党兄弟，这在中国的小说中决计不会出现，因为中国人讲义气，绝对不能接受。法国大小说家雨果的《悲惨世界》中那个只重法律而不顾情义的警察，中国人也绝对不能接受。

士大夫也并非不重视义气。《左传》《战国策》《史记》等史书中记载了不少朋友之间重义气的史实，予以歌颂赞美。

西汉吕后当政时，诸吕想篡夺刘氏的权位，陈平与周勃合谋平诸吕之乱。那时吕禄掌握兵权，他的好朋友郦寄骗他出游而解除兵权，终于尽诛诸吕。诛灭诸吕是天下人心大快的事，犹如今日的扑灭"四人帮"，但当时大多数人竟然责备郦寄出卖朋友。（《汉书》："天下以郦寄为卖友。"）这种责备显然并不公平，将朋友交情放在"政治大义"之上。不过"朋友绝不可出卖"的观念，在中国人心中确是根深蒂固，牢不可拔。

至于为了父母而违犯国法，传统上更认为天经地义。儒家有一个有名的论题：舜的父亲如果犯了重罪，大法官皋陶依法行事，要处以极刑，身居帝位的舜怎么办？标准答案是：舜应当弃了帝位，背负父亲逃走。

"大义灭亲"这句话只是说说好听的。向来极重亲情、人情的中国人很少真的照做。倒是"法律不外乎人情""情理法兼顾"的话说得更加振振有词。说是"兼顾"，实质是重情不重法。

中国人的传统观念中，"情"总比"法"重要。诸葛亮挥泪斩马谡虽得人称道，但如他不挥泪，评价就大大不同了，重点似乎是"挥泪"而不在"斩"。

八

一个民族的生存与兴旺，真正基本毕竟在于生产。中华民族所以历久常存，基础建立在极大多数人民勤劳节俭，能自己生产足够的生活资料。一个民族不可能依靠掠夺别人的生产成果而长期保持生存，更不可能由此而伟大。许多掠夺性的民族所以在历史上昙花一现，生产能力不强是根本原因。

民族的生存竞争首先是在自己能养活自己，其次才是抵御外来的侵犯。

生产是长期性的、没有什么戏剧意味的事，虽然是生存的基本，却不适宜于作为小说的题材，尤其不能做武侠小说的题材。

少数人无法无天不要紧，但如整个社会都无法无天，一切规范律则全部破坏，这个社会绝不可能长期存在。然而风调雨顺、国泰民安的情景不适宜作为小说的题材。正如男婚女嫁、养儿育女的正常家庭生活不适宜作为小说的题材。（托尔斯泰《安娜·卡列尼娜》小说的第一句是："幸福的家庭都是相似的，不幸的家庭各有各的不幸。"他写的是不幸的家庭。）但如全世界的男人都如罗密欧，全世界的女人都如林黛玉，人类就绝种了。

小说中所写的，通常是特异的、不正常的事件与人物。武侠小说尤其是这样。

武侠小说中的人物，绝不是故意与中国的传统道德唱反调。路见不平，拔刀相助，是出于恻隐之心；除暴安良，锄奸诛恶，是出于公义之心；气节凛然，有所不为，是出于羞恶之心；锐身赴难，以直报怨，是出于是非之心。武侠小说中的道德观，通常是反正统，而不是反传统。

正统是只有统治者才重视的观念，不一定与人民大众的传统观念相符。韩非指责"儒以文乱法，侠以武犯禁"，是站在统治者的立场，指责儒家号召仁爱与人情，扰乱了严峻的统治，侠者以暴力为手段，干犯了当局的镇压手段。

古典小说的传统，也即是武侠小说所接受的传统，主要是民间的，常常与官府处于对立地位。

九

武侠小说的背景主要都是古代社会。

拳脚刀剑在机关枪、手枪之前毫无用处，这固然是主要原因。另一个重要原因是，现代社会的利益，是要求法律与秩序，而不是破坏法律秩序。

武侠小说中英雄的各种行动——个人以暴力来自行执行"法律正义"，杀死官吏，组织非法帮会，劫狱，绑架，抢劫，等等，在现代是反社会的，不符合人民大众的利益。这等于是恐怖分子的活动，极少有人会予同情，除非是心智不正常的人。因为现代正常的国家中，人民与政府是一体，至少理论上是如此，事实上当然不一定。

古代社会中侠盗罗宾汉、梁山泊好汉的行径对人民大众有利，施之于现代社会中却对人民大众不利。除非是为了反抗外族侵略者的占领，或者是反对极端暴虐、不人道、与大多数人民为敌的专制统治者。

幸好，人们阅读武侠小说，只是精神上有一种"拥护正义"的感情，从来没有哪一个天真的读者去模仿小说中英雄的具体行动。说读了武侠小说的孩子会入山拜师练武，这种说法或事迹，也几十年没听见了。大概，现代的孩子们都聪明了，知道就算练成了武功，也敌不过一支手枪，也不必这样辛苦地到深山中去拜师了。

十

我没有企图在《鹿鼎记》中描写中国人的一切性格，非但没有这样的才能，事实上也绝不可能。只是在韦小宝身上，重点地突出了他善于适应环境与讲义气两个特点。

这两个特点，一般外国人没有这样显著。

善于适应环境，在生存竞争上是优点，在道德上可以是善的，也可以是恶的。就韦小宝而言，他大多数行动不值得赞扬，不过在清初那样的社会中，这种行动对他很有利。

如果换了一个不同环境，假如说在现代的瑞士、芬兰、瑞典、挪威这些国家，法律相当公道而严明，社会的制裁力量很强，投机取巧的结果通常很糟糕，规规矩矩远比为非作歹为有利，韦小宝那样的人移民过去，相信他为了适应环境，会选择规规矩矩地生活。虽然，很难想象韦小宝居然会规规矩矩。

在某一个社会中，如果贪污、作弊、行骗、犯法的结果比洁身自爱有利，更应当改造的是这个社会和制度。小说中如果描写这样的故事，谴责的也主要是社会与制度。就像《官场现形记》等等小说一样。

十一

中国人的重视人情与义气，使我们在生活中平添不少温暖。在艰难和贫穷的环境中，如果大家再互相敌视，在人与人的关系中充满了冷酷与憎恨，这样的生活很难过得下去。

在物质条件丰裕的城市中可以不讲人情、不讲义气，生活当然无聊乏味，然而还活得下去。在贫乏的农业社会中，人情是必要的。在风波险恶的江湖上，义气是至高无上的道德要求。

然而人情与义气讲到了不顾原则，许多恶习气相应而生。中国的政治与中国人太讲人情义气有直接关联。拉关系，组山头，裙带风，不重才能而重亲谊故旧，走后门，不讲公德，枉法舞弊，隐瞒亲友的过失……合理的人情义气固然要讲，不合理的损害公益的人情义气也讲。结果是一团乌烟瘴气，"韦小宝作风"笼罩了整个社会。

对于中国目前的处境，"韦小宝作风"还是少一点为妙。

然而像西方社会中那样，连父母与成年子女之间也没有多大人情好讲，一切公事公办，<u>丝毫不能通融</u>，只有法律，没有人情，只讲原则，不顾义气，是不是又太冷酷了一点呢？韦小宝如果变成了铁面无私的包龙图，又有什么好玩呢？

小说的任务并不是为任何问题提供答案，只是叙述在那样的社会中，有那样的人物，他们怎样行动，怎样思想，怎样悲哀与欢喜。

十二

以上是我在想到韦小宝这小家伙时的一些拉杂感想。

坦白说，在我写作《鹿鼎记》时，完全没有想到这些。在最初写作的几个月中，甚至韦小宝是什么性格也没有成形，他是慢慢、慢慢地自己成长的。

在我的经验中，每部小说的主要人物在初写时都只是一个简单的、模糊的影子，故事渐渐开展，人物也渐渐明朗起来。

我事先一点也没有想到，要在《鹿鼎记》中着力刻画韦小宝善于（不择手段地）适应环境和注重义气这两个特点，不知怎样，这两种主要性格在这个小流氓身上显现出来了。

朋友们喜欢谈韦小宝。在台北一次座谈会中，本意是讨论"金庸小说"，结果四分之三的时间都用来辩论韦小宝的性格。不少读者问到我的意见，于是我自己也来想想，试图分析一下。

这里的分析半点也没有"权威性"，因为这是事后的感想，与写作时的计划与心情全然无关。我写小说，除了布局、史实的研究与描写之外，主要是纯感情性的，与理智的分析没有多大关系。因为我从来不想在哪一部小说中，故意表现怎么样一个主题。如果读者觉得其中有什么主题，那是不知不觉间自然形成的。相信读者自己所做的结论，互相间也不太相同。

从《书剑恩仇录》到《鹿鼎记》，这十几部小说中，我感到关切的只是人物与感情。韦小宝并不是感情深切的人。《鹿鼎记》并不是一部重情的书。其中所写的比较特殊的感情，是康熙与韦小宝之间君臣的情谊，既有矛盾冲突又有情谊友好的复杂感情。这在别的小说中似乎没有人写过。

韦小宝的身上有许多中国人普遍的优点与缺点，但韦小宝当然并不是中国人的典型。民族性是一种广泛的观念，而韦小宝是独特的、具有个性的一个人。刘备、关羽、诸葛亮、曹操、阿Q、林黛玉等身上都有中国人的某些特性，但都不能说是中国人的典型。中国人的性格太复杂了，一万部小说也写不完的。孙悟空、猪八戒、牛魔王、铁扇公主他们都不是人，但他们身上都有中国人的某些特性，因为写这些"妖精"的人是中国人。

这些意见，本来简单地写在《鹿鼎记》的后记中，但后来觉得作者不该多谈自己的作品，这徒然妨碍读者自行判断的乐趣，所以写好后又删掉了。何况作者对于自己所创造的人物，总有偏爱。"癫痫头儿子自家好"，不可能有比较理性的分析。事实上，我写《鹿鼎记》写了五分之一，便已把"韦小宝这小家伙"当作了好朋友，多所包容，颇加袒护，中国人重情不重理的坏习气发作了。此供谈助。匆匆成篇，想得并不周到。

1981 年 10 月

第五辑　读史

我的中国历史观

　　国际著名报业家、武侠小说家金庸（查良镛）先生于1994年10月23日至29日赴北京大学访问，并接受北京大学授予他的名誉教授称号。访问期间，他受到了北京大学校长吴树青教授、副校长郝斌教授、罗豪才教授和广大师生的热烈欢迎，宁静的燕园骤然之间出现了一股"金庸热"。短短几天里，金庸先生与北大中文、历史、哲学系，中国传统文化研究中心及北大港澳台法律研究中心的教授们座谈，交换学术意见，向大学生们做了有关中国历史和武侠小说创作的演讲。金庸先生此行，用他自己的话说是"非常满意"，而他本人的言行与气度也给北大师生留下了美好的回忆。

　　以下是金庸先生在北京大学授予他名誉教授称号仪式上的演讲录音记录。

——焦小云

现在我是北京大学的一分子了，可以称大家为同学了。我衷心感谢北京大学给了我很高的荣誉，授予我名誉教授的称号。北大是我从小就很仰慕的大学。我的亲伯父查钊忠（钜侯）先生就是北大的毕业生，故乡人大多不知道他的学问如何，但听说他是北大毕业生，便都肃然起敬。我念初中时候的班主任王芝簃先生也是北大毕业生，他学识渊博、品格崇高，对我很爱护。虽然现在时隔五六十年了，我还常常想念他。

北京大学有许多优良的传统，其中最重要的，
一是对国家、社会的深切关怀……

北京大学在"五四"运动中起了领导作用，整个近代中国社会的进步与发展是与北大师生的重大贡献分不开的。每当我们想到北大，就会想到开明、开放的蔡元培校长，想到眼光远大的马寅初校长，想到许许多多的大思想家、科学家、作家、学者、教授以及跟北大有关系的大学问家们。北京大学有许多优良的传统，其中最重要的，一是对国家、社会的深切关怀，二是有容乃大的自由的学术空气。最近几年我在牛津大学住了很长一段时间，我感到，牛津大学自由开放的学术空气和博大精深的学术研究是世界一流的，但牛津大学的老师、学生对于国家、对于社会、对于人民的关怀和牺牲，目前却大大不及北京大学的师生。抗战时期，我考大学，第一志愿就是报考西南联大，西南联大是由北大、清华和南开三所大学合办的，我有幸被录取了。或许可以说，我早已是北大的一分子了。不过那时因为我没有钱，西南联大又在昆明，路途遥远，没法子去，所以我不能较早地与北大同学结缘。今天我已作为北大的一分子，跟大家是一家人了，因此感到莫大的荣幸。

我一生主要从事新闻工作。作为新闻工作者，对每一门学问都必

须懂得一点，但所知都是些皮毛，很肤浅。专家、教授则不同了，他们对某一门学问有钻研，懂得很深。这是两种不同的接触知识的方式。我是新闻工作者，当教授是全然没有资格的，但幸亏我是"名誉教授"，名誉教授就没有关系了，话讲错了也无所谓。我下面要讲的话，真的是要向各位老师和朋友们请教的，这不是客套。在中国学问上要请教最好的老师，当然只有到北大来，没有别的地方可去。

我今年春天去过绍兴，到兰亭王羲之以前写字的地方。那里的人要我写字，我说在王羲之的地方怎么可以写字呢？但他们非要我写不可，我只好写了八个字："班门弄斧，兰亭挥毫"。班门弄斧很狂妄，在兰亭挥毫就更加狂妄了。这次到北大，说好要做两次演讲，我自己写了十六个字："班门弄斧，兰亭挥毫，草堂题诗……"在大诗人杜甫家里题诗，第四句是"北大讲学"。

中国文明历史悠久且连续不断，则又是世界唯一的。

大家希望听我讲小说，其实写小说并没有什么学问，大家喜欢看也就过去了。我对历史倒是有点兴趣。今天我想简单地讲一个问题，就是中华民族如此长期地、不断地发展壮大，到底有何道理？有哪些规律？这几年我常在英国牛津大学，对英国文学、英国历史和中国历史很有兴趣。大家都知道，英国对二十世纪影响最大的一位历史学家名叫汤因比，他写了一部很长很长的《历史研究》。他在这部书中分析了很多世界上的文明，说明世界上的很多文明都在历史进程中衰退或消亡了，直到现在仍真正兴旺发达的文明只有两个，一个是西方的欧美文明，一个是东方的中国文明。而中国文明历史悠久且连续不断，则又是世界唯一的。虽然古代有的文明历史比中国早，有的文明范围比中国大，如巴比伦的文明、埃及的文明、希腊罗马的文明，但这些文明却因遇到外力的打击，或者自己腐化而逐渐衰退、消亡了。他说：一种文明总会遇到外来的挑战，如果该文明能很好地应付这个挑战，就能继续发展；如果不能很好地应付挑战，就会衰退，甚至消亡。这里也有多种情况：一种是遇到强大外族的打击，整个民族被杀光杀尽，消灭了；一种是民族内部长期僵化，没有改革，没有进化，像活的木乃伊，结果衰落了；有的则因自己的腐化而垮台；还有一种就是分裂，国家的内战不休。

我们的国歌中有一句"中华民族到了最危险的时候"，这句话是在抗战前后写的，它表示了一种忧患意识。那时候我国遭受外族敌人的侵略，处境确实非常危险。在座的各位同学年纪轻，不知道，你们的爸爸妈妈就知道了。我同在座的雷洁琼大姐、周南社长等都经历过这段艰难而危险的时刻。就我看来，我国历史上遭受外族侵略的危险时期有七个：第一是西周末年到春秋战国时期东西南北受到外族进攻；第二是秦汉时期匈奴的进攻，时间长达四百年之久；第三是魏晋时期鲜卑等五胡的进犯，时间也有四百年；第四是隋唐时期突厥和吐蕃的侵犯，时间约三百年；第五是五代、南北宋时期契丹、女真及西夏的侵犯，时间大概也是四百年；第六是元、明、清时期蒙古、满族的侵犯；第七是近代西方帝国主义和日本帝国主义的侵略。

我们中华民族情况很特殊，很难被征服。这是因为一方面我们有一股韧力，一股很顽强的抵抗力量；一方面我们又很开放，在文化上同它们融合在一起，经过一段时间，大家又都变成一个民族，我们的民族从此又壮大起来。

纵观中国历史，大概可以看到这样一个规律：我们的民族先是统

216

一强盛，后来慢慢腐化，组织力量衰退。此时如果出现一些改革，那么就会中兴。如果改革失败了，或者自己腐化了，那么外族敌人就会入侵。在外族入侵的时候，我们民族有个很特殊的现象，就是外族的入侵常常是我们民族的转机。以上所讲的我们民族七次大的危机，又都是七次大的转机。历史上常常是外族人来了之后，我们华夏民族就跟它同化、融合，一旦同化、融合了，我们华夏民族就壮大起来，统一起来。之后可能又腐化了、衰退了，或者分裂了，外族人又来了，我们民族再融合，又壮大，如此循环往复。其他国家民族遇到外族入侵，要么打赢，要是打不赢，这个国家或民族就会垮台。我们中华民族遇到外族入侵时，常常能把外族打退，打不退的情况也很多，但却很难被征服。这是因为一方面我们有一股韧力，一股很顽强的抵抗力量；一方面我们又很开放，在文化上同它们融合在一起，经过一段时间，大家变成一个民族，我们的民族从此又壮大起来。

我在温哥华英属哥伦比亚大学获颁名誉教授时也曾讲到这个问题，以及其他一些中国的历史问题。加拿大的一些教授觉得我的这些观念比较新，并讨论为什么中国可以融合外族，而西方就融合不了。我想其中第一个原因是我国一开始就是农业社会，生产力比较高、技术比较先进，有强大的经济力量可以发展文化。第二个原因是从西周开始，我们已有了一个严密的宗法社会制度，后世讲到中国封建社会，总认为封建的宗法制度很束缚人的思想，很束缚人的行为，那当然是对的，其实这种宗法制度也有它的历史作用，我们民族由于有了严密的继承制度，从而避免了内部的争斗和战争。一些游牧民族本来很强盛，但往往在关键的时候闹分裂。父亲死后，他的两个儿子或者三个儿子抢父亲位子，罗马也有这种情况。一抢位子，就要打架，就要内乱。本来很强盛的部落、部族或者民族，一分裂，就要自己打自己。我们民族从西周开始，虽然自己内部斗争也不断有，但基本上还是遵循世袭制度，即父亲死了，嫡长子继位，这是当时中华民族发展的一个重要制度。一个社会的基本法律制度固定了，社会就会很稳定，内部斗争就会大大减少，这也是民族强盛的重要环节。

还有一个重要环节，就是我们对外族是很开放的。从历史上看，中国很长很长的时候是外族统治的，如北魏。其实隋唐也有很大的少数民族的成分，主要是鲜卑人。有一个情况不知各位想到没有，我的小说中写过一个人叫"独孤求败"，独孤求败很骄傲，他一生与人比剑比武从没有输过，所以他改个名叫求败，希望失败一次，但却总没有败过。这个"独孤"就是鲜卑。唐朝开国皇帝李渊的母亲是鲜卑人，就姓独孤。"鲜卑"这两个字，有些学者说"西伯利亚"就是"鲜卑利亚"，鲜卑人原本住在西伯利亚那一带。但这不是很一致的意见。北周的时候，有个大将军叫独孤信，他有很多女儿，其中大女儿嫁给了北周的皇帝，第四个女儿嫁给了唐高祖的父亲，第七个女儿嫁给了隋文帝。所以唐高祖和隋炀帝是表兄弟，唐太宗李世民则应叫隋炀帝为表叔。他们都有鲜卑的血统。唐太宗李世民的妈妈姓窦，唐太宗的皇后姓长孙，长孙和窦都是鲜卑人的姓。皇后的哥哥长孙无忌是唐朝很有名的宰相，他也是鲜卑人。据《唐史》记载，唐朝宰相至少有二十三人是胡人，其中主要是鲜卑人。那时候说"胡人"就像我们现在说"洋人"一样，没有歧视的意思。在唐朝，有二十三个外国人当"国务院总理"，可见唐朝对外国人一点也不歧视。再说汉朝，汉武帝与匈奴交战，匈奴分裂投降了。其中一个匈奴王子叫金日磾，在汉朝做官，很受汉武帝重用。汉武帝死后，他的身后大事交给了两个人，一个是霍光，一个就是金日磾。由此可见，我们民族壮大的重要原因就是非常开放。

我在武侠小说里写了中国武术怎样厉害，实际上是有些夸张了。中国人不太擅长打仗，与外国人打仗时，输的多，赢的少。但是我们有耐力，这次打不赢没关系，我们长期跟你干，打到后来，外国人会分裂的。匈奴人很厉害，我们打他不过。汉高祖曾在山西大同附近被匈奴人围困，没法脱身。他的手下便献了一条妙计，去向匈奴皇后说，汉人漂亮的小姐很多，你如果把汉朝皇帝抓来，把汉人打垮了，俘虏了大批汉人中的漂亮女人，你这个皇后就要糟糕了。匈奴皇后中了这个诡计，影响匈奴首领，便退兵了。匈奴后来分为南北，南匈奴投降了汉朝，北匈奴则向西走，一部分到了法国，一部分到了西班牙，一部分到了英国，以至灭亡了整个西罗马帝国。西方历史中的匈人是否匈奴人？史家意见不一致，有意思的是，匈奴的一半被中国抵抗住了，投降了，另外一半却把整个欧洲打垮了。隋唐时期的突厥也是如此，他们分为东突厥和西突厥。东突厥向隋唐王朝投降了，慢慢地被华夏民族所融合。西突厥则向西行，来到了土耳其。后来土耳其把东罗马帝国打垮了，把整个君士坦丁堡占了下来，直到现在。所以我们不要一提起历史就认为我们民族不行，其实我们民族真正不行，只是十六世纪以后的三四百年的事情。最近我在牛津大学的一次聚餐会上遇到一位很有名的研究东亚经济的学者，他和我谈到中国经济的发展前途时说，中国的经济自古以来就很发达，人均收入一直是全世界第一，只是到了十六世纪以后才慢慢被英国赶上去。而国民总收入却是到了 1820 年才被英国超过。中国国力居世界领先的地位竟保持了两三千年之久。那位学者对中国经济前途非常乐观，他说大概到 2020 年时，中国的国民经济收入又会是全世界第一，并能长期保持下去，恐怕至少在那之后的四五十年内没有任何国家能够赶得上。我听了之后很兴奋，问他是否有数据，他列举了很多统计数字。他是专家，不会随口乱说。我觉得他的分析是很有道理的。实际上我们中国古代在科学技术方面一直是很先进的，到宋朝尤其先进，大大超过了欧洲。那时我们的科技发明，欧洲是远远赶不上的。如造纸、印刷、火药、罗盘等在宋朝已经非常兴旺发达了。现在大家用的钞票也是中国发明的，在宋朝时代就已经开始使用了。那时我们的金融制度相当先进，货币的运用相当成熟。那么欧洲人什么时候才开始转机呢？应该说是到了中国的明朝，从那时起，中国开始落后了。我想其中原因，一个是政治上的专制，对人民的思想控制很严，一点也不自由开放，动不动满门抄斩、株连九族，吓得人们不敢乱说乱动，全部权力控制在皇帝一人手里。另一个原因就是明朝对付不了日本倭寇的入侵，便异想天开，实行所谓海禁，把航海的船只全部烧掉，以为如此一来就能断绝与倭寇的来往，饿死倭寇。这是对日本完全不了解。这种愚蠢的禁令，当然是永乐皇帝时郑和下西洋之后的事情了。明朝一实行锁国政策，整个国力便开始衰退。与此同时，西方科学却开始发展，工业革命也开始了。有一个有趣的时间值得注意，那就是十六世纪初的1517年，德国的马丁·路德公然否定教皇的权威，反对神权控制，就在这个时候，我国明朝的正德皇帝下江南。正德皇帝是个很无聊、很腐化的昏君，他下江南干了许多荒淫无耻的勾当。大家知道，在隋朝、唐朝，中国是很富庶的，到了宋朝、元朝也还可以，那时候科学发达，交通方便，对外开放。而欧洲正是封闭的时候，一切都由教廷控制，学术思想不自由。你如说地球围绕太阳转，他便要你坐牢，一切都是封闭的。到了十六世纪，欧洲自由开放了，科学发明开始了，可中国反而长期封锁起来了。这是最大的历史教训。

我们中华民族之所以这样壮大，靠的就是改革和开放。

当我们遇到困难的时候，内部要积极进行改革，

同时我们还要对外开放，这点更为重要。

今天讲了这么多，无非是要大家明确两个观念，那就是改革和开放。我们中华民族之所以这样壮大，靠的就是改革和开放。当我们遇到困难的时候，内部要积极进行改革，努力克服困难，改革成功了，我们的民族就会中兴。同时我们还要对外开放，这点更为重要，因为我们中国人有自信心，我们自信自己的民族很强大，外来的武力或外来的文化我们都不害怕。

另有一个重要观念，今天没有时间详谈。我认为过去的历史家都说蛮夷戎狄、五胡乱华，蒙古人、满洲人侵略我中华，大好山河沦亡于异族等等，这个观念要改一改。我想写几篇历史文章，说少数民族也是中华民族的一分子，北魏、元朝、清朝只是少数派执政，谈不上中华亡于异族，只是"轮流坐庄"。满洲人建立清朝执政，肯定比明朝好得多。这些观念我在小说中发挥得很多，希望将来写成学术性文字。

上面我讲到的那位英国历史学家汤因比在他初期写《历史研究》这部大著作的时候，并没有非常重视中国。到他快去世的时候，他得出一个结论：世界的希望寄托于中国文明和西方文明的结合。他认为西方文明的优点在于不断地发明、创造、追求，向外扩张，是"动"的文化。中国文明的优点在于和平，就好像长城，处于守势，平稳、调和，是"静"的文化。现在许多西方学者都认为，地球就这样大了，无止境地追求、扩充，是不可能的，也是不可取的。今后只能接受中国的哲学，要平衡，要和谐，民族与民族之间要相互协作，避免战争。由于科学的发展、核武器的出现，今后的世界大战将不可思议。一些疯狂的人也许执意要打核战争，殊不知这种战争的结局将是人类的同归于尽。这种可能性不能说没有，我所接触到的西方学者目前对打核战争都不太担心，他们最担心的是三个问题：第一是自然资源不断地被浪费，第二是环境污染，第三是人口爆炸。这三个问题将关系到人类的前途。所以，现在许多西方人把希望寄托于中国，他们希望了解中国，了解中国的哲学。他们认为中国平衡、和谐、团结的哲学思想、心理状态可能是解决整个人类问题的关键。

最近牛津有一个十分盛大的宴会，伦敦《泰晤士报》前总编辑李斯·莫格勋爵也参加了，他曾谈道，十九世纪世界的经济中心在伦敦，二十世纪初转到了纽约，到了战后七十年代、八十年代则转到了东京，而二十一世纪肯定要转到中国。至于这个中心是中国的北京还是上海，他无法准确预测，他推测大概是上海。依我看，在北京或在上海都不是问题，只要是在中国就很好。

1994 年 12 月

"大国者下流"

国家不论大小，主权一律平等，这个概念是近代国际法的基础。然而在国际关系中，还是承认大国与小国之间是有区别的，联合国安全理事会中五大国一致的原则，就是在法理上承认大国权利的一个例子。近几个月来，这问题又讨论得热烈起来，我们最近见到一篇分量很重的长文，其中特别提到了反对大国沙文主义与小国民族主义的偏向。文中说，我国在汉唐明清四代时是大帝国，常去欺侮国境四周的外族，虽然近一百年来我国经常受外国侵略，经济文化又极落后，然而条件改变之后，我国又强大了，那就得特别提防大国主义。

我想，这种胸怀和想法，那才真是所谓泱泱大国之风。《老子》中有几句话，现在想来还是很有意义。我国这位古代的哲学家说："大国者下流，天下之交，天下之牝。牝常以静胜牡，以静为下。故大国以下小国，则取小国。小国以下大国，则取大国。故或下以取，或下而取，大国不过欲兼畜人，小国不过欲入事人。夫两者各得其所欲，大者宜为下。"

这段话大致意思是这样：最低下的地方，才是众川汇归的地方，大国谦下，天下自然归附。谦逊和平的经常以安静战胜嚣张黩武的。大国对小国谦下，就可取得小国的信赖；小国对大国谦下，才能取得大国的信任。大国不过是要领导小国，小国不过要大国不来侵犯它，只要大家谦下，就会各得所欲。但小国素在人下，不患不谦，所以大国要特别注意谦下。

老子的哲学向来受到极大的注意，据任继愈先生说，我国从古到今关于老子的著作不下几百种，关于老子的译文和论述，单是最近五十年来，用英、德、法各种文字发表的共一百多种，日本的还不在内。苏联哲学家们对老子的哲学有很高的评价，认为他是我国古代唯物论思想的代表人物。我国近代学者如范文澜、侯外庐、吕振羽、马叙伦、李学勤等对老子都做过相当深的研究，大家的结论还不一致。侯外庐和吕振羽认为老子是唯心论者，但目前的趋势，认为他是唯物论者的人较多。至于他哲学中有丰富的辩证法，这是古今中外没有人有任何怀疑的。

《老子》全书不过几千字，它的字数大概只相当于几篇《三剑楼随笔》，然而其中所包含深刻的思想，却令后人钻研不尽。他认为国家要谦下，个人也要谦下："为而不恃，功成而弗居。夫唯弗居，是以不去。"（尽了力而不自以为了不起，做成了而不自以为有功劳。正由于不居功，他的功绩也就不会失去。）老托尔斯泰有一个巧妙的比喻，意思也有点相若。他说，一个人如同一个分数，分子是他的实际价值，分母是他自以为的价值，他越是自以为自己大，他的真正价值越小，他如自以为无穷大，他的真正价值就等于零。

历史上自以为无穷大的人并不少，尤以帝王为多。公元401年时，我国历史上发生了一件难得的趣事。南燕的君主慕容德与群臣一起饮酒，酒酣，问群臣道："我可和古代什么样的帝王相比？"青州刺史鞠仲道："陛下是中兴圣主，可比得上中兴夏的少康和中兴汉的光武。"慕容德命左右赏一千匹绢给他。鞠仲听说赏赐这么多，吓了一跳，连忙辞谢。慕容德道："你会开我玩笑，难道我不会开你玩笑吗？你的话不实在，所以我也骗骗你，你以为真的赏你吗？"韩范道："天子无戏言，今天的话，君臣两个都错了。"慕容德大喜，赏了韩范五十匹绢。

鞠仲乱拍马屁，哪知慕容德颇有自知之明，而且十分幽默，不接受他这顶高帽。慕容德是少数民族的鲜卑人，他们向来住在我国的北方（据近人考据，西伯利亚的意思就是"鲜卑之地"，"西伯"是"鲜卑"的音转）。后来鲜卑人虽然入据中原，建立了繁盛的元魏，但在慕容德那时，所受的文化陶冶还很浅，他竟然有此识度，实在是很不容易的。

圆周率的推算

　　梁羽生兄在《数学与逻辑》一文中，曾谈到祖冲之的圆周率，说是全世界最早的精密。这在数学史上是一个有趣的问题。

　　圆周与直径的比例怎样，这在实用上是常遇到的，我国最早的数学书是《周髀算经》，其中称"周三径一"，即周率是三。据传说，这是周初的商高计算出来的。如果传说不错，那么这是公元前十二世纪的事了。

　　希腊人说，周率的应用是始于公元前三世纪的大物理学家阿基米德，就是那位因洗澡而发现阿基米德定律的人。希腊人称圆周率为"阿基米德值"。

　　我国著名桥梁专家、设计建造钱塘江大桥的茅以升先生在《圆周率略史》中说："西洋数学史多以为此率源于印度，而声息相通之阿拉伯亦认为印度所产。"

　　到底，粗疏的圆周率是哪一民族的人最先发现的？我想，三与一之比的周率，随便用尺与绳子一量就量得出来。在实用上需用的时候，许多民族都会一量而依照这比率计算。所以，到底谁最早发现，那是很难说的。至于精密的计算，则是较后的事。

我们说祖冲之最先计算出精密的圆周率，是根据《隋书·律历志》中的记载。那上面说："古之九数，圆周率三，圆径率一，其术疏舛。自刘歆、张衡、刘徽、王蕃、皮延宗之徒，各设新率，未臻折衷。宋末，南徐州从事史祖冲之更开密法，以圆径一亿为一丈，圆周盈数三丈一尺四寸一分五厘九毫二秒七忽，朒数三丈一尺四寸一分五厘九毫二秒六忽，正数在盈朒二限之间。密率，圆径一百一十三，圆周三百五十五。约率，圆径七，周二十二。又设开差幂，开差立，兼以正圆参之。指要精密，算氏之最者也。所著之书，名为《缀术》，学官莫能究其深奥，是故废而不理。"

这一段话稍加说明，就极易清楚：

我国历史上首先用数学方法推算圆周率的，是汉代的大学者刘歆（公元 23 年为王莽所杀），他的圆周率是 3.1547。张衡（78—139）是我国著名的天文学家，他的周率是 $\sqrt{10}$。刘徽（公元 263 年前后时人）用割圆术来推算，即圆内画一六边形，逐渐增加边数，这多边形与圆会越来越接近，计算多边形的边，算到九十六边形时，周率定为 3.14。王蕃（228—266）是 142/45=3.155。皮延宗（公元 445 年前后时人）的周率考查不出来。据李俨的《中国算学史》中说，在祖冲之之前，还有一位何承天（370—447），周率为 22/7，即 3.1428。这些周率都不精密。

祖冲之（429—500）是南北朝的刘宋时人，他算出的周率据《隋书》中说，是小于 3.1415927 而大于 3.1415926，可定为 3.14159265，精密地说，是 355/113，约略地说，是 22/7。西欧人算得这样精密的，是一千多年以后（公元 1573 年）的德国人奥托，但他也只算到小数点后的六位。

祖冲之的儿子祖恒之，也是一位大数学家，他发现了计算圆球体面积与体积的公式。因为他们的推理方法在那时是太精妙了，管理文化教育事宜的官吏根本不懂，于是"废而不理"。

在各文化古国中，我国的数学是不算十分发达的。我国数学一直限制于实用，与实用无关的比较抽象的推理几乎都不去接触。最突出的贡献，恐怕是这圆周率了。我在初中读书时，教我数学的是章克标先生。他因写小说而出名，为人很是滑稽，同学们经常和他玩闹而不大听他讲书。他曾写过一部《数学的故事》，其中说到有一个欧洲青年花了极长的时间，把圆周率推算到小数点后六百多位。这个圆周率，当然是毫无实用价值的。

在写小说《书剑恩仇录》时，为了要多知道一些陈家洛的身世，我曾翻过一些关于他祖宗海宁陈氏的记载，发现有一位与他父亲陈世倌同辈的陈世仁（1676—1722）。这位先生是康熙时翰林，竟是一位数学大家，著有《少广补遗》一卷，对于"级数"颇有研究，发现了许多据说是前人从来没有谈过的公式。书中一直研究到奇数偶数平方立方的级数和等问题。

马援见汉光武

马援年轻时家里很穷，常对朋友们说："大丈夫的志气应是穷当益坚，老当益壮。"（"老当益壮"的成语就是他创出来的。）

后来他在西北经营游牧，发了财，叹息说："凡是经营产业，重要的是在能救济别人，否则不过是守钱虏罢了。"（"守钱虏"或"守财奴"的名字由此而出。）于是把所赚的钱都送给穷朋友。后来听见甘肃的军阀隗嚣喜欢招聘人才，就去投奔。隗嚣很器重他，一切事情都和他商量。

那时天下大乱，群雄并起，汉光武刘秀在洛阳做皇帝，公孙述在四川做皇帝。隗嚣派马援做观察家，去瞧瞧这两位皇帝到底怎么样。马援和公孙述是同乡，一向感情很好，心想见到他时这位老朋友一定会很亲热，两人可以握手大谈往事。哪知公孙述极爱装腔作势，听见老友来到，他上殿升座，派大批侍卫两旁侍候，请他来恭恭敬敬地交拜，说些客套话，演了一番仪式，然后请马援往贵宾招待所去休息，再令裁缝替马援缝制大礼服大礼帽，在宗庙里举行大会，召集文武百官举行正式见面礼。公孙述大摆仪仗，神气十足地赴会，对马援的礼貌十分周到，完全当他是最尊敬的贵客看待，礼毕之后就留他做官，要封他为侯爵，请他做大元帅。马援的随从们见这位皇帝如此相敬，都很愿意留下，马援却开导他们说："天下群雄正争斗得十分激烈，公孙述听到人才来到，不匆匆忙忙出来迎接，反而大搞一套无谓的礼节，弄得大家都像木偶一般，天下有才能的人是不会长久给这位仁兄用的。"于是告辞回去，对隗嚣说："公孙述不过是井底之蛙罢了，不如专心靠拢洛阳。"（"井底之蛙"典故出于此。）

隗嚣于是派马援到洛阳去。马援到了之后，宦官引他进去，只见刘秀坐在宣德殿南边的廊下，只戴了一顶便帽，服装十分随便，笑着起来迎接，道："你见到过两个皇帝，我穿得这样马虎，实在惭愧之至。"马援行礼之后说道："当今之世，不但君择臣，臣也要择君。我和公孙述是同乡，年轻时很要好，我到四川时，公孙述却在殿旁排列了执戟的卫队才命我进去。我这次远来，陛下怎么知道我不是刺客坏人，为什么这样随便？"刘秀笑道："你不是刺客，不过是说客罢了。"马援见这位皇帝既随和，又有幽默感，心中钦佩之至，道："现在天下大乱，称王称帝的人不知有多少，今日见你这样恢廓大度，就像汉高祖一样，才知只有陛下才是真的皇帝。"（"恢廓大度"这四字成语，就是这样出来的。）

马援回到甘肃后，隗嚣问他洛阳的情形，马援道："我到洛阳后，皇帝接见我共达数十次。每次谈话，常常从黄昏直谈到天明。他的才能见识，实在无人可比；而且坦白之极，什么话都说，性格随随便便，就像汉高祖那样。至于谈到学问的渊博、政治眼光的敏锐，那更是前世的皇帝所不及。"隗嚣道："你瞧他与汉高祖相比谁强些？"马援道："那他就不及了。高祖喜欢自由散漫，现在这位皇帝却爱守法，什么事都要讲究规矩，而且他又不喜欢饮酒。"隗嚣听他大捧刘秀，很不高兴，道："照你这样说，那是他比高祖更强了！"

后来马援果然归顺了刘秀。隗嚣数次反复，终于为刘秀所灭。刘秀得到甘肃后，再灭掉公孙述，"得陇（甘肃）望蜀（四川）"的成语，就出自刘秀写给统兵灭隗嚣的岑彭的一封信中。

今日的情况当与从前帝王的争天下完全不同，但做领袖的人如有风度有见识，自能使人一见钦佩，这在古今都是如此。

谈"不为五斗米折腰"

前几天几个人闲谈，从回去看看，话题转到了陶渊明的《归去来辞》，又转到了他的"不为五斗米折腰"。一位朋友说："陶渊明当一个月县令，薪水只有五斗米，一斗米大约十五斤，五斗米七十五斤，这未免太少了。这官儿当真不做也罢。"其实我国的度量衡，都是古代的较小，后来渐渐变大。陶渊明那时的五斗米，一定还不到十五斤。但到底有多少，可谁也不知道，记得在中学读书时，老师讲解这篇文章，对"不为五斗米折腰"一节，也没说得怎样清楚，大家于是"好读书，不求甚解"，糊里糊涂地过了去。

我觉得这问题虽没有多大重要性，但倒有点兴趣，后来就去查查历史书刊，找到了一点资料。

"不为五斗米折腰"的典故，最早见于《宋书》的《陶潜传》，其中说："郡遣督邮至县，吏白应束带见之，潜难曰：'我不能为五斗米折腰向乡里小人。'乃即日解印绶去职。""督邮"这一种官，是专门来考查县令治绩的，使做县令的大为头痛，可想而知。《三国演义》中记张翼德怒鞭督邮，读者们的同情完全放在张飞一面。陶渊明没有燕人张翼德的膂力武功，鞭他一顿是不成的，但想到此人讨厌，不见也罢，于是辞官不干了。（至于《归去来辞》的序文中说辞官是为了妹子的逝世，大家说那是托词，只是为了免得惹祸。）

现在北京故宫里藏有王莽时代的一只量器，刘复根据这只量器推算，王莽时的一斗只合今日二市升弱。又据《隋书》记载，王莽的铜斛约当曹魏斛九斗七升多，两晋南朝的斗斛之量是承继曹魏制度的。依此推算，陶渊明那时（东晋末年）的一斗大致与今日的二市升差不多。那么，陶渊明的五斗米，只有今日的一市斗米了。

近来我国学者的历史研究，非常着重历代的生产、消费、分配等等经济生活，与从前重视帝王家谱、个人英雄、家族门第等大不相同。因之古代的经济资料，也整理出来很多。据学者考证，东晋时地方官的俸禄一年大约为四百斛，即四千斗（古代一斛是十斗，到南宋贾似道时才改为五斗。广东一带很少用斛，但在江南，解放前斛的使用是很普遍的）。陶渊明的"五斗米"，如说是年俸月俸当然绝不合理，就算是日俸，也还是太少。那么其中原因在什么地方？

缪钺先生发表在《历史研究》的一篇文章中，提出了一个很新的也颇令人信服的见解。历来大家都认为"五斗米"与陶渊明的俸禄有关，如孟浩然的《京还赠张维诗》中说："欲徇五斗禄，其如七不堪！"可见唐人就已这样理解，但缪钺先生那篇文章中却说，五斗米是当时知识分子一个月的粮食。

他根据史书上的资料证明，南朝士大夫的食量，大概每月五斗米左右，约当今日的一市斗（这数字和今日做脑力劳动的知识分子大致也差不多，这里一个普通家庭，成员都不做体力劳动，一家三口，一个月吃五十多斤米也够了）。所以陶渊明说"不为五斗米折腰"，就是说"我一个人每月有五斗米也就可以饱了，再多的也不需要。我回去过田园生活，虽然劳苦些，还是可以够吃，何必要做县令，逢迎这些没有品格的小人"。

陶渊明的《饮酒诗》第十首写道："在昔曾远游，直至东海隅。道路回且长，风波阻中途。此行谁使然？似为饥所驱。倾身营一饱，少许便有余。恐此非名计，息驾归闲居。"最后这四句，正是说不能为了区区一饱，因而影响到名声。看来"不为五斗米折腰"，应该解释作"不能为了区区一饱而折腰"，而不是解释作"不能为了五斗米的官俸而折腰"。再者，后者这样解释，似乎陶渊明语意之中有些嫌官太小，推论起来，如果有了高官俸禄，他的腰就不妨一折再折了。事实上陶渊明归隐之后，朝廷曾征他做官，权贵曾和他交结，他都婉辞谢绝，可见他并非嫌官小而不为。

1958 年 12 月 16 日

代宗・沈后・升平公主

　　《打金枝》中的皇帝是唐代宗，他名叫李豫（初名李俶，立为皇太子时更名为李豫），是肃宗的儿子、唐明皇（玄宗）的孙子。在戏里，他是一个忠厚长者、好好先生。历史记载中的代宗大致上也是这样一个性格，一般对他的批评是很好的。他待臣子宽厚，极少杀人，主要的缺点似乎是生活享受过分奢侈，以致老百姓的负担相当沉重。

　　对于唐室的中兴，代宗很有功劳。安禄山造反，玄宗仓皇逃到四川去避难。四川与中原交通阻隔，皇帝一入蜀，中原之地就算送了外族，所以一般老百姓竭力恳求玄宗不要逃入四川。玄宗胆小得很，杨贵妃在马嵬坡被绞死后，入蜀之心更切，无论如何不答应，最后终于把太子留了下来。太子后来即位灵武，那就是唐肃宗。太子逃到灵武时情况可怜得很，只不过几个人跟着他，途中又与败兵误打误杀地混战一场，直到郭子仪带了大军来帮忙，肃宗才有实力，郭子仪的大功也从这时开始。

　　肃宗后来任命大儿子广平郡王李俶为天下兵马元帅，郭子仪为副元帅，统兵收复失陷了的土地。李俶所以做到了元帅，只是由于他是皇帝的儿子，一切当然全仗郭子仪，但水涨船高，许多勋绩不免归功于他。所以当时杜甫的长诗《洗兵马》（王安石认为这是杜甫诗集中最佳之作）中说："成王功大心转小，郭相谋深古来少。"成王就是李俶，而郭相则是郭子仪。

肃宗比玄宗好不了多少。他逃难时有一个妃子张良娣对他很体贴，所以他极听这女人的话。李俶有个弟弟建宁王李倓，他比哥哥能干得多，两兄弟感情也极好。张良娣见了这位二少爷很害怕，就瞎造谣言，说他半夜里偷偷去摸哥哥的身体，想害死哥哥而自做太子。肃宗糊里糊涂就把建宁王杀了，代宗后来想到兄弟的冤死，常常哭泣。这一点他倒有祖父之风，因为唐玄宗也是以笃于手足之情而出名的。

《打金枝》里升平公主的母亲是沈后，那不错，但公主和郭暧吵闹时，沈后早已在大动乱中失踪了。这对小夫妻争吵，大约发生于代宗大历二年（767）二月，这是他们婚后两年的事。历史上这样说——郭暧有一次与升平公主吵嘴，郭暧道："你以为你爸爸是天子，那就神气了么？我爸爸不爱做天子才不做的，那有什么稀奇？"公主大怒，驾车奔入宫中告诉父亲。代宗道："这个你就不知道了。事实的确是这样的，要是他真的要做天子，难道天下还是你家的么？"安慰了女儿一场，要她回家。子仪知道之后，忙把儿子绑起，上朝请罪。代宗道："俗语说：'不痴不聋，不做家翁。'孩子们闺房里的话，你理他们干什么呀！"子仪回家之后，拿棍子把儿子打了一顿屁股。

在皇权大于一切的时代里，能发生这件趣事，那确是要一位十分开明的皇帝才能够做得出来。历史所载与戏剧微有不同，但基本骨干却是一致的。

那位沈后事实上却不如戏中那样幸福。安禄山第一次攻进东都（洛阳）时，沈后（那时是广平郡王妃）来不及逃出来，及至收复东都，夫妻才得团圆。过了几年，史思明又攻陷洛阳，沈后仍旧没能逃出，从此这位王后就不知下落。后来代宗的儿子德宗接位，寻访母亲的事更加进行得如火如荼。当时高力士有一个养女住在洛阳，很熟悉宫里的事，被人逼着冒充沈太后。假冒的事情揭穿之后，德宗也不怪罪谁，他怕一责罚之后，没有人敢再提太后的事。他说："只要能找到真的，我宁可受一百次欺骗。"但这位沈后始终没找到。德宗死后，找寻的工作继续下去，直到顺宗永贞元年（805），才推定她已经逝世而停止找寻。

连王后都闹得不知下落，天下大乱可知。戏里描写当时国泰民安，一派升平气象，这是最与事实不符的一点。我以为，这个喜剧很风趣，也含有不少意义，但时代背景应当描写为外族入侵、国家十分危急的时候，那时代宗正是极度地需要郭子仪，当然不会因这件儿女之事而得罪他。回纥、吐蕃联军入侵，郭子仪单骑退敌的事刚发生在两年之前。在这时候强调君臣团结，意义更为重大。至于沈后虽已失踪，而戏中仍有沈后，那倒是可以的。

升平公主在历史上似乎是一个还听话而不大有见识的女人。郭暧比她死得早。德宗做皇帝时，下令贵族们不得经营水力磨坊，以免影响农田灌溉。升平公主有两个大磨坊，她想破例不拆，皇帝不许，她也就拆了。她的女儿嫁给宪宗，那就是有名贤惠的郭后；郭后的哥哥郭钊，后来做大司农（财政部长），也很安分守己。升平公主与郭暧生的儿女，倒是挺不错的。

郭后的儿子穆宗死时，宦官们曾要求郭后（那时已是郭太后）临朝听政。郭太后说："从前武则天这么办，闯出大祸。我家世守忠义，与武氏大不相同，这万万不可。"此事终于没有成为事实，从前的史家很称赞她能识大体。但由于她不肯主持朝政，接位的敬宗却是一个马球迷、摔角迷，每天与臣子们打球摔角，半夜里出去捉狐狸，弄得政治一塌糊涂。

郭子仪一家的人，不论做大将、做王后、做大官，始终小心谨慎，不敢多要权力，所以能善始善终。郭暧和升平公主的这次争吵，大概是他们家族传统中一次破例之举吧。

郭子仪的故事

正在上映的晋剧舞台纪录片《打金枝》，讲的是唐代大将郭子仪之子郭暧与升平公主之间一场吵闹的喜剧。我想，这戏包括两个方面：夫妻互相应该平等亲爱，国家军政力量的团结不可被一些偶然的小事所破坏。

郭子仪死时，历史上评他一生道："天下以其身为安危殆三十年。功盖天下而主不疑，位极人臣而众不疾，穷奢极欲而人不非之，年八十五而终。其将佐致大官、为名臣者甚众。"这几句评语突出地描绘了一个善于团结各种力量的巨人的形象：皇帝不疑忌他的大功，同僚们不厌恶他做大官，一般人并不反对他生活享受的过分；同时，他善于提拔与培养人才，所以他属下的干部有许多人都成为国家的重要官员。在历史上，郭子仪是许多人的理想，出将入相，既富贵亦寿考，"七子八婿，皆为朝廷显官"。据说他做寿那天，家人拜寿时把朝笏（朝见皇帝时捧在手中的那块板）放在床上，竟至堆满一床，可见家中大官之多，所以演出《打金枝》这剧目的京剧又叫作《富贵寿考》或《满床笏》。

用现在的历史观点看来，郭子仪仍旧是一个值得赞扬、值得钦佩的人。他在中华民族受外族围攻时保卫国家，收复被侵略者占领了的京都；他使人民免于被外族劫掠之苦，得到了相对的安居乐业。他在军事上与李光弼齐名，但他团结一切力量来保卫国家的光辉政略，却是李光弼所远远不及的（李光弼不是汉族人）。

郭子仪与李光弼同做中级军官时，据说两人感情很不好，虽然同桌吃饭，但只互相对望一眼，不说一句话。后来安禄山造反，皇帝命郭子仪做朔方节度使，李光弼成为他的部下。当时的节度使大致相当于战区司令长官兼行政长官，权力极大。李光弼很怕郭借故杀他，哪知郭反向皇帝极力举荐，皇帝就任李为河东节度使。郭子仪还分了部下一万名精兵给他。这种博大的胸襟和政治风度，真是一个巨人！（据杜牧写的一篇文章中说，郭子仪当节度使后，李光弼想逃走，还没决定，皇帝已下命令，要他领一部分郭的兵东征，他心想郭子仪这次一定放他不过了，于是对郭说："我死是心甘情愿的，只求你饶了我的妻儿。"郭子仪忙拉住他的手上堂对坐，道："现在国家大乱，哪里是计较私仇的时候！"当即分兵给他。两人相别时握手泣涕，相勉报国。）

郭子仪为人宽厚，待部下与士卒极好，李光弼却军令严肃、威猛善战。这两人代表着军人的两种美德，在临阵战斗上，似乎李光弼更为能干，几场大战打得光彩漂亮之极，但部下对他"畏"而对郭"感"。史书上不断提到军士们怎样盼望郭子仪来统率他们，如何"如子弟之望父兄""如天旱之望大雨""咸鼓舞涕泣，喜其来而悲其晚也"，等等。

"郭子仪单骑退敌"是极有名的事，这件事固然表现了他的勇敢，但更重要的，是他孤立敌人、争取同盟的识见。代宗永泰元年十月（公元765年，升平公主就是在这一年五月嫁给郭暧的），回纥与吐蕃两大外族联军进攻泾阳，兵力强大，唐兵远远不及。郭子仪下令严守不战，他知回纥与吐蕃内部颇有矛盾，于是命卫队长去见回纥人。回纥人不信道："听说郭公已经死了，你骗人。要是真的在这里，我们见见可以吗？"卫队长回来报告，子仪道："目下众寡不敌，难以力胜。从前我和回纥颇有交情，不如挺身去说服他们。"部下主张选五百名铁骑兵做卫从，子仪道："这反而有害。"他儿子郭晞（子仪的第二子，最会打仗的一个，郭暧则是第六子，远不及哥哥本事）大惊，拉住他的马劝道："他们是虎狼，大人是国家大元帅，怎么可以把身体送入虎口！"子仪道："目下要是战，那么咱父子一定都得死，国家不免遭难，我以至诚的话去说服他们，如幸而见从，那是四海之福！否则，只牺牲我一个人，可以保全全体。"郭晞拉住马缰不放，子仪扬起马鞭，在他手上猛击一鞭，喝道："走开！"大开城门而出，命人高呼："令公来啦！"回纥人大惊，大元帅弯弓搭箭，立在阵前。子仪脱下盔甲，抛下铁枪，缓缓纵马上前。回纥诸酋长相顾道："不错，是他！"皆下马罗拜。子仪也下马，上前握住回纥元帅的手，责备他进军侵略。两人一番谈论之后，回纥元帅终于被他说服，并答应去打吐蕃兵，这时回纥兵两翼缓缓推进，子仪部下见状也急忙上前，两军对圆。子仪挥手令部下退开，取酒与回纥酋长共饮。回纥人请他先发誓，子仪叫道："大唐天子万岁！回纥可汗亦万岁！两国将相亦万岁！有负约者，身殒阵前，家族灭绝！"回纥元帅也照样发誓，两军大喜，齐呼万岁，吐蕃兵知道后连夜逃走。子仪与回纥合兵追逐，大胜了两仗。

这时局势本来危险异常，代宗已下令御驾亲征，京城戒严。由于郭子仪这个外交上的大胜利，大局才转危为安。

顾梁汾赋"赎命词"

　　梁羽生兄在这随笔中连谈了三次纳兰容若,曾提到他救吴兆骞(汉槎)的事,这个故事说起来倒也有趣,不妨比较详细地谈谈。

　　吴兆骞是江苏吴江人,从小就很聪明,因之也颇为狂放骄傲。据笔记小说上说,他在私塾里念书时,见桌上有同学们除下来的帽子,常拿来小便。同学们报告老师,老师自然责问他,他的理由是:"与其放在俗人头上,还不如拿来盛小便。"老师叹息说:"这孩子将来必定会因名气大而惹祸!"这话说得很不错,在封建王朝中,名气大正是惹祸的重要原因。

　　另一部笔记中还说他一件逸事:有一次他与几位朋友同出吴江县东门,路上忽对汪钝翁说:"江东无我,卿当独秀!"(本为刘宋时袁淑语。)旁人为之侧目。

　　吴兆骞虽然狂放,但颇有点才气,对朋友也很有热情。吴梅村把他与陈其年、彭古晋三人合称,名之为"江左三凤凰"。吴诗风格遒劲,当时传诵的名句有"山空春雨白,江迥暮潮青""羌笛关山千里暮,江云鸿雁万家秋"等。他的诗集叫作《秋笳集》,袁枚《随园诗话》中说他原本七子而自出精神。

至于他所以获罪，是为了科场事件。顺治丁西年，他去应考举人，考中了。后来发现这场考试大有弊端，于是皇帝命考中的举人们复试一次。他学问和才气都很好，本来不成问题，但大概因为复试时气氛十分紧张，心理上大受影响，竟不能把文章写完。结果被判充军宁古塔。这是一件株连极广、杀人甚众的科场大案。清人入关伊始，主要是借此大杀江南人士立威。吴兆骞完全冤枉，当时名士们都很同情他，写了许多诗词给他送行，吴梅村的《季子之歌》是其中最有名的。

他的朋友无锡顾贞观（梁汾）当时与他齐名，他被充军时曾承诺必定全力营救，然而二十多年过去了，顺治换了康熙，一切努力始终无用。顾贞观自己也郁郁不得意，在太傅纳兰明珠（容若的父亲）家当幕客，想起好友在寒冷偏塞之地受苦，于是寄了两阕词给他，那就是有名的两阕《金缕曲》。

第一首道："季子平安否？便归来平生万事，那堪回首！行路悠悠谁慰藉？母老家贫子幼。记不起从前杯酒。魑魅搏人应见惯，总输他覆雨翻云手。冰与雪，周旋久。泪痕莫滴牛衣透，数天涯依然骨肉，几家能够？比似红颜多薄命，更不如今还有。只绝塞苦寒难受。廿载包胥承一诺，盼乌头马角终相救。置此札，君怀袖。"第二首道："我亦飘零久，十年来深恩负尽，死生师友。宿昔齐名非忝窃，只看杜陵穷瘦，曾不减夜郎僝僽。薄命长辞知己别，问人生到此凄凉否？千万恨，为兄剖。兄生辛未吾丁丑，共些时冰霜摧折，早衰蒲柳。词赋从今须少作，留取心魂相守。但愿得河清人寿，归日急翻行戍稿，把空名料理传身后。言不尽，观顿首。"《白雨斋词话》评这两词说："二词纯以性情结撰而成。悲之深，慰之至，丁宁告戒，无一字不从肺腑流出，可以泣鬼神矣！"又道："两阕只如家常说话，而痛快淋漓，两人心迹，——如见……千秋绝调也。"

纳兰容若见了这两首词后，不禁感动得流泪，认为古来怀念朋友的文学作品中，李陵与苏武的《河梁生别诗》，向秀怀念嵇康的《思旧赋》，与此鼎足而三。他知道这事不容易办，立誓要以十年的时间营救吴兆骞归来。当时也写了一阕《金缕曲》给顾梁汾，表示目前最大的努力目标只是救吴，这词结尾说："绝塞生还吴季子，算眼前此外皆闲事。知我者，梁汾耳！"不久就在适当的时机去求他父亲设法。有一次太傅请客，他知道顾贞观素不喝酒，就斟了满满一大碗酒对他说："你饮干了，我就救汉槎。"顾贞观毫不踌躇地一吸而干。明珠笑道："我跟你开玩笑的，就算你不饮，难道我就不救他了么？"明珠出一点力，朋友们大家凑钱，终于把吴兆骞赎回来。当时的人把顾贞观的两阕词称为"赎命词"。一个名叫顾忠的人写诗记这事道："金兰倘使无良友，关塞终当老健儿。"

现在看顾梁汾这两阕词，情思深切，的确感人极深，可见必须有深厚的情感，才会有优秀的文学作品。

第六辑　随感

"明月"十年共此时

　　文化传统不管如何深厚，总可以被人为的力量所毁灭。古埃及、巴比伦、古印度的文明都早已消失或僵化了，印加帝国和古地中海文明只成为后世考古学家发掘的材料。中华文化发展了四五千年，是今日世界长期维持下来的、独一无二的文化传统。

　　倘若中华文化没有什么价值，对于现代人的生活害多利少，妨碍中国人的进步发展，不可能对全人类做出积极贡献，那么毁灭了也不足惜。但事实恰恰相反。西方强调机械与物质的文化体系，到今天遇上了重重阻碍，人类似乎渐渐走进了没有出路的死胡同。中华文化正为全人类提供一条可行的道路。未必这是唯一可以解脱困难的方向，然而事实摆在这里，五千年来，中国这样一个大国，一直平安而富强地存在着，中国每次总是在忧患和灾难中重新站起来，保持平安而富强。别的国家都不能，中华文化却做到了。这样的文化绝不会是没有价值的。

　　我们宝爱中华文化，不仅仅是因为它有价值，并非纯是出于理智的考虑。我们生在这个文化环境中，吸取它的乳汁而长大，不管它好也罢，坏也罢，就是热烈地爱它。我们的父母不是世界上最完美伟大的人，我们爱父母并非由于他们的完美伟大，只因为他们是我们的父母，以爱还报爱，甚至也不是有意识地还报，而是内心不得不爱。对于中华文化，我们心里同样有这样一份温情热爱。我们爱中国的音乐图画、唐诗宋词、民歌戏曲、章回小说，并没有去比较这些作品是不是比外国的更好，只是为了我们说不出的喜欢，宠爱它们，宝贵它们，像每个人爱自己的子女一样。对情人的爱，不免想到他的性情容貌、才能品德，对子女的爱却完全不考虑这些，只因为他们生来就是我们自己的。我们爱美貌的、聪明的、富有的子女，以同样的爱心对待丑陋的、愚笨的、贫穷的子女，甚至对后者可能更多有一份怜爱。

秦始皇要烧尽普天下的书籍，只保留极少数的医卜种树之书。这强力的摧残，使得春秋战国时代百家争鸣的学术黄金时代风消云散，然而，中华文化并没有被他毁灭。只因为秦朝统治的时期很短，来不及毁灭一切。有些书籍给人藏在墙壁里，后来找了出来；有些书籍给人记在心里，后来默写了出来。如果秦朝延长到二三百年，很难想象今日的中华民族是否仍然存在。

《明报月刊》出版了十年。对于发展中华文化并无什么贡献。然而我们似乎做了一堵小小墙壁，保藏了一些中华文化中值得宝爱的东西。全世界这样的墙壁很多，我们是其中之一。……我在《侠客行》小说中写过一段话：

> 石清心中突然涌起感激之情："这孩儿虽然不肖，胡作非为，其实我爱他胜过自己的性命。若有人要伤害于他，我宁可性命不在也要护他周全。今日咱们父子团聚，老天菩萨，待我石清实是恩重。"双膝一屈，也磕下头去。

我们办这个刊物，无数作者和读者支持这个刊物，大家心里，都有这样一份心情。

出版《明报月刊》这样一份刊物的心愿，蓄之已久，当我在香港《大公报》《新晚报》当副刊编辑时，我曾和刘芃如兄（十多年前飞机失事逝世）、周榆瑞兄（目前在英国）一起筹划，但没有成功。后来创立《明报》有了基础，更得到许冠三兄的全力推动，和海外陈完如先生、姜敬宽先生等旅欧十位学人长期通信，终于决定创办。第一期中发表了一封我在1965年8月2日写给这些朋友们的通函，其中第五点说："杂志的编辑宗旨，简单说来，希望是'五四时代的北京大学式''抗战前后的大公报式'，以严肃负责的态度，对中国文化与民族前途能够有积极的贡献。但它也应当有温和可亲、富于人情味和幽默感的一面。我们希望在经济上，它每月的亏累能逐步减少，以至能自行平衡……不可能以'中国士大夫'的方式来办这本杂志，在资本主义社会中，要一个事业长期维持，必须企业化地经营和管理。但也不是纯粹的生意经，因为它是'不赢利'的。"

十年来，编辑宗旨没有改变，虽然做得远还不够好。经营方式也没有改变，《明报月刊》仍是不牟利的。现在每个月结出账来，有时赚一两千元，有时蚀一两千元，赚得多了，总是在月刊本身上花了去。至于房租、水电等等费用，则一直由《明报》津贴。

回忆十年前筹备与出版《明报月刊》之时的情景，既觉得喜悦，也是大有感喟。那时我家里住在九龙，为了决心办成这份许多人认为绝不可能生存的刊物，在香港租了一层楼，把间隔的墙壁都拆去了，连厨房也取消，成为空空荡荡的一间大书房，日日夜夜地在这书房里办月刊的事。附近再租了一层楼,作为月刊的编辑部。最初协助我工作的是许冠三兄和王世瑜兄,后来有孙淡宁、黄俊东、丁望、王司马等几位加入。现在许王两位去发展别的文化事业,各有成就,其余几位到今天还都是月刊的骨干,一直辛劳了十年。

月刊创办一年多之后,胡菊人兄由于志趣相同,放弃了稳固的职位与优厚的待遇,来主持月刊的编辑。从那时起,我就完全不必为月刊的编辑工作费心了。他编得比我好,有他自己的风格。能有这样严谨负责的人来参加合作,是我一生之中最大的好运之一。他是我的围棋棋友,棋力和我不相上下(意思说都相当低。台湾的《围棋》杂志给我的称号是"香港棋坛闻人",倪匡兄对这称呼大大赞赏,因为这表明名字倒众所周知,棋力之低,却也可想而知)。我是"冲动派",下棋可以大胜,更常大败,菊人兄是"稳健派",败而不溃。这两种不同棋风,也分别反映在《明报月刊》最初两年和其后八年的内容上。

月刊的印刷、发行和经理工作,十年来在沈宝新兄主持下顺利进行。"十年中一切顺利",这句话说来轻描淡写,然而其中所包括的策划、监督和各种困难的解决,所花的心血当然殊不寻常。在经理部业务方面,长期尽力的有戴茂生、陈华生、吴志标、蔡辉霞、叶敏冰、王陵等几位。还有处理秘书事务的莫圆庄小姐。

当然,必须感谢我们遍布世界各地的作者和读者。然而在另一种意义上,这是大家所共有的一个刊物,不必由我特别提出来表示谢意。在执笔写这篇文字时,回想到了十年前写"创刊词"时的心情,那时是兴奋中带着惶惑不安,现在除了兴奋之外,是深深的感激。

当我在亲自主编之时,我妻朱玫每天从九龙家里煮了饭,送到香港来给我吃。她在这段时期中没法照料孩子。我们的小女儿阿讷那时还只两岁多。这个向来文静的小女孩忽然爬到钢琴上，摔了下来，跌断了左臂。我接到大孩子的电话后，忙赶回家去，抱了她去请医生医治。她没有哭，只是睁着圆圆的大眼望着我，我心中却在想着，这一期的《明报月刊》还没有找到适当的插画，发稿的限期却已经到了。

现在阿讷十二岁了，已会翻阅月刊中的图片和一些最浅近的文字。原来，我们的孩子（我们夫妻二人的）和我们的刊物（我们工作人员与作者、读者们的）都已长大了。朋友们都说我们的阿讷很美很乖，也说我们的月刊办得不错。我只希望，当我自己的生命结束而离开这世界时，阿讷（还有她的哥哥姊姊）也仍是这样乖，过得很幸福。我们的月刊也仍是像过去十年那样，从不脱期地出版，得到许许多多人的喜爱。

更加希望，到了那时候，《明报月刊》已不只是消极地企图保存一部分中华文化，而在发展中华文化的工作上已做出相当贡献；希望那时候保存和发展中华文化的工作，有千千万万人正做得如火如荼，《明报月刊》成为整个大工作中完全协调的一个部分。

1976 年 1 月

（此文系作者在《明报月刊》创刊十周年时所撰的纪念文章。）

崇高的人生境界

——《天外有天：吴清源自传》序

某夜，在闲谈中，一位朋友忽然问我："古今中外，你最佩服的人是谁？"我冲口而出地答复："古人是范蠡、张良、岳飞，今人是吴清源、邓小平。"

这不是考虑到各种因素而做的全面性客观评价，纯粹是出于个人的喜好，以大智大慧而论，我最敬仰的自然是释迦牟尼，以人情通达而论则最佩服老子，文学与历史著作中我最喜欢司马光的《资治通鉴》。当时所以说范蠡和吴清源，是因为我自幼就对这两人感到一份亲切。我曾将范蠡作为主角而写在《越女剑》这一个短篇小说中。至于吴清源先生，自然是由于我喜爱围棋，因而对他不世出的天才充满景仰之情。

围棋是中国发明的，近数百年来盛于日本。但在两千年的中日围棋史上，恐怕没有第二位棋士足与吴清源先生并肩。这不但由于他的天才，更由于他将这向以争胜负为唯一目标的艺术，提高到了极高的人生境界，吴先生在围棋艺术中提出了"调和"的理论，以棋风锋锐犀利见称的坂田荣男先生也对之一再称誉，认为不可企及。吴先生的

252

"调和论"主张在棋局中取得平衡，包含了深厚的儒家哲学和精湛的道家思想，吴先生后期的弈棋不再以胜负为务，而寻求在每一局中有所创造，在艺术上有新的开拓。放眼今日中日棋坛，能有这样胸襟的人可说绝无仅有，或者有人略有近似之处，但说到天才，却又远远不及了。

佛家禅宗教人修为当持"平常心"。吴先生在弈艺中也教人持"平常心"。到了这境界，弈棋非但不是小道，而是心灵修为的大道了。吴先生爱读《易经》《中庸》，在宗教上信奉各教殊途同归的红卍教。他的弈艺，有哲学思想和悟道做背景，所以是一代大宗师，而不仅仅是二十年中无敌于天下的大高手。大高手时见，大宗师却千百年而不得一。

教我围棋的老师之一王立诚先生前年到我家做客，随同前来的有小松英树四段（当时）。晚上他们不停用功，向我借棋书去研究，选中的是平凡社出版的四卷本《吴清源打棋全集》。他们发现我在棋书上画了不少红蓝标志，王老师后来赞我钻研用功，相信他心中一定奇怪："为什么你这样努力，棋艺却仍然如此差劲？"这句话他不好意思问，但问了另一个问题："为什么吴老师输了的棋你大都没有打？"因为我敬仰吴先生，打他大获全胜的棋谱时兴高采烈，分享他胜利的喜悦，对他只赢一目半目的棋局就不怎么有兴致了。至于他的输局，我通常不去复局，打这种谱时未免闷闷不乐。相信这情形也解答了王老师心中的疑问，我非但完全不能了解吴先生棋艺的精诣，不能体会到他在棋局中所显示的冲淡平远，事实上是以娱乐的心情去打谱，用功自然是白用了。这大概是举世围棋业余爱好者的通病。其实，吴先生即使在负局之中也有不少精妙之着。但这些妙着和新颖的构思，也只有专家棋士才能了解。前两年称霸日本棋坛的赵治勋先生在一篇文章中说，他生平钻研最勤的是吴清源先生的棋局，四卷《吴清源打棋全集》已翻得破烂了，必须去买过一套新的。相信数百年之后，围棋艺术更有无数创新，但吴先生的棋局仍将为后世棋士所钻研不休。因为吴先生的棋艺不纯在一些高超的精妙之着，而在于棋局背后所蕴藏的精神与境界。

《天外有天》这部书写出了吴先生一生弈棋的经历。我们从中可以看到，吴先生毕生所寻求的，其实是一个崇高的心灵。只因为他的世俗事业是弈棋，于是这崇高的心灵便反映在棋艺上。新布石法、大雪崩内拐的定式，以及其他各种为人盛所称道的创造，其实只是余事而已。在吴先生崇高的心灵中，恐怕在近百局"十番棋"中将当世高手尽数打得降级，也只是人生中微不足道的过眼烟云吧。

能有机会为一位平生景仰的大宗师的回忆录写序，实是莫大的荣幸。

忧郁的突厥武士们

1964 年五六月间，我代表香港《明报》，到土耳其的伊斯坦堡（今译作伊斯坦布尔）参加国际新闻协会的第十三届年会。这里发表的几封短信，记录了当时的见闻和一些零星感想。

中国史上的突厥

中国人对土耳其一向很陌生，去过土耳其的人很少。我在香港要办去土耳其的旅行手续时，立即就遇上了困难。似乎谁也没有去过土耳其。去问了好几家旅行社，谁都不知道该到什么地方去拿入口签证，连规模最大的通济隆旅行社中的职员，帮我打了许多电话，还是不得要领。最后是航空公司打电报到土耳其外交部去询问。回电来说：在伊斯坦堡机场发给签证。

伊斯坦堡是个有千余年历史的古城，但机场的设备和规模却比香港差得多。国际新闻协会和土耳其报业公会派人在机场接待欢迎，进关手续在两三分钟内就办好了。

其实土耳其和中国关系很密切，甚至可以说没有中国就没有土耳其。此话怎么说？原来土耳其人就是中国历史上的突厥人。Turk 的声音不就是"突厥"吗？在隋朝和唐初，突厥人厉害之极，唐高祖初起事时还向突厥人表示臣服。直到唐太宗命李靖为大将，才将突厥人杀得一败涂地。突厥人在东方不能立足，逃到西伯利亚和中亚细亚一带，逐步西侵，因而在小亚细亚建立土耳其。

假定红拂女真有其人，确如《虬髯客传》中所说生有一头极漂亮的委地长发，如果不是她看中了李靖，半夜里私奔相就，说不定李靖以后打起仗来精神没这么振作。突厥人如果不是被李靖赶向西方，也没有今日的土耳其了。

长头发的红拂女

倘使没有这个美丽的红拂女，说不定今日西方的文明也完全是另外一个样子。

伊斯坦堡本来叫作君士坦丁堡，是东罗马帝国的首都。西罗马帝国被法国人、德国人的蛮子祖先们攻灭后，欧洲陷入黑暗时代，文化学术都集中在君士坦丁堡。1453 年 4 月，土耳其苏丹穆罕默德二世围困君士坦丁堡，经五十三天的血战而攻陷。这是欧洲历史上的大事。

君士坦丁堡落在回教徒的土耳其人手中之后，基督教的文人学者向西流亡，逃到意大利的最多，不久便造成了欧洲的"文艺复兴"。

罗素在《自由与组织》一书中曾说，许多历史上的大事，往往能为一些偶然的小事所左右。我们或许可以说，如果长头发的红拂女下不了私奔的决心，欧洲可能没有文艺复兴，没有工业革命。就算有，时间和形式一定也大大的不同。

当我坐着汽车驶进伊斯坦堡古老的城墙时，看到了罗马人当年所筑的巨大引水道，心中在想着《虬髯客传》和吉朋的《罗马帝国衰亡史》，想着许许多多奇怪的因素交织而成人类的历史。

土耳其人和中国人曾经有过一个"同病相怜"之处。四五十年前，中国被称为"东亚病夫"，而土耳其被称为"近东病夫"。这两个国家都有过辉煌的历史，但当欧洲产业革命后，欧洲人以他们先进的工业力量向外扩张发展，中国和土耳其的势力同时逐步衰落了。

当土耳其人的奥斯曼帝国全盛之时，统治范围包括埃及和北非的一大部分地区、希腊、巴尔干半岛各国、东方阿拉伯诸国。埃及那个花天酒地的法鲁克国王就是土耳其人。土耳其人骁勇善战，是天生的斗士，在火药枪炮发明之前，他们只在中国人和成吉思汗的蒙古人手下才吃过败仗，在欧洲几乎是战无不胜、攻无不克。今日英语中，对于家里那个横蛮倔强、好勇斗狠的小顽童，做父母的往往还称之为"我们家那个小土耳其人"！

土耳其于第一次世界大战后复兴，领导人凯末尔，土耳其人尊之为 Ataturk。Ata 是"父亲"，意为"土耳其人之父"，即是"国父"。土耳其人本来只有名而没有姓，有姓氏是凯末尔所施行的种种改革之一。

我们在伊斯坦堡开会，土耳其总理伊诺努特地从首都安卡拉赶来，在会中发表演说，并设宴招待。伊诺努瘦瘦小小，慈和可亲，单从相貌来看，谁也想不到他是凯末尔手下的最得力大将。当年土耳其在西海岸杀得希腊军全军覆没，就是这个小老头儿立的战功。开会期间，土耳其正为塞浦路斯岛问题和希腊濒于开战边缘，因此这位当年大败希腊军的老将军特别得到国人拥戴。

博斯普鲁斯海峡

伊斯坦堡有两点地方像香港，第一，它是个山城，许多房屋都建在山上；第二，它分为两部分，中间夹一条博斯普鲁斯海峡，不断有渡海小轮来来去去。但除此之外，什么也不像了。香港极新，而伊斯坦堡极旧。在伊斯坦堡，如果你不喜欢发思古之幽情，大概不会喜欢这个城市。

博斯普鲁斯海峡约有四里宽，差不多是香港、九龙间维多利亚海峡的三倍。这海峡之东是亚洲，其西是欧洲，伊斯坦堡的主要部分都在欧洲。你如有兴趣，可以坐在渡海轮之中，每天从欧洲到亚洲，再从亚洲到欧洲，来来去去的好几回。不过这渡轮的管理远远不及香港。有一次当地主人请我们到亚洲部分的一座王宫中去赴宴，汽车上渡轮之时，只见轮上水手紧张非凡，出动了七八个交通警察大吹哨子指挥，足足忙了大半个钟头，渡轮才开。

博斯普鲁斯海峡沿岸，是伊斯坦堡富人的住宅区。沿着海岸有许多茶馆。做我向导的大学生曾带我去喝茶。海水碧绿，风物佳胜。只是海风相当强，所以每把茶壶下面都烧酒精灯。

坐对海峡，我们自然谈起了希腊传说中那个"希罗和林德"的故事来。希罗是一个美丽的修女，她的爱人林德每天晚上游过海峡去和她幽会。有一晚狂风骤雨，林德对情人的守信，足可媲美我国的尾生，他还是跳入海峡游泳，结果和尾生的命运相同，淹死了。我看那海峡也不怎么宽，问那大学生：伊斯坦堡人是不是有什么"林德渡峡游泳赛"之类？

他伸伸舌头，说："绝对没有！海峡中暗流汹涌，危险得很，谁敢游啊。"

看来土耳其人是来自大漠的陆地民族，对海水有天生的惧怕心理。香港人游得过这海峡的，我想至少有好几千人，而且不必对岸有一位美丽的姑娘在等待。

英国的大诗人拜伦曾横渡这海峡。他虽然是跛子，但跛足对游泳的影响还不大。他曾以一小时十分钟的时间，和一个军官一起横渡海峡，在长诗《唐璜》中，他曾得意地提起了这件事。不过土耳其人对拜伦可没什么好感，因为他曾帮助希腊人反抗土耳其的统治而死在希腊。

我们喝着茶，吃着滋味不佳的蛋糕时，看到有一艘苏联轮船自北而南，缓缓从海峡中驶过。那大学生指着轮船上并列的苏联国旗和土耳其新月国旗，骄傲地说："赫鲁晓夫这矮胖子凶恶得很，可是他的船只经过博斯普鲁斯，却非升我们的国旗不可！"

忧郁的土耳其人

伊斯坦堡最宏伟的建筑是"圣智大教堂"。那本来是罗马皇帝建造的基督教教堂，土耳其人征服伊斯坦堡，将它改为回教堂，但其中和基督教有关的雕刻和绘画，仍旧予以保留，使我们今日仍能见到中世纪伟大的艺术。土耳其苏丹的文化修养很低，却居然有这样的见识；回教徒当时在宗教思想上与基督徒斗争得非常剧烈，却居然有这样宽宏的襟怀。相形之下，那些连在文化艺术上也不能稍容异己的现代人，反而显得是中世纪黑暗时代的人物了。

回教文物中最著名的建筑是"蓝色回教寺"。那是世界上唯一有六个尖塔的回教寺，内部装饰以浅蓝色为主调，令人进去之后，有一种厌世的忧郁之感。我觉得所有的土耳其人，都有点忧郁。在一次酒会中，我曾向一位嫁给土耳其报人的德国太太提起。她笑着说："当然啦，土耳其人不像你们香港人那样会做生意，会织出那许多布匹来供给英国、美国，自然有点郁郁不乐呢！"

伊斯坦堡有一处"有顶市集"，那是一处有屋顶的大市场，大大小小的店铺至少有一千多家。我感到最有兴趣的，是他们的古董武器，那些有精美金银装饰的弯刀和古老手枪。

王宫中的中国古瓷

在伊斯坦堡的几天之中，土耳其主人每天晚上都有盛大宴会，每一晚都在一处不同的苏丹王宫中举行。我们看到了全世界最大的地毯、全世界最大的水晶吊灯，等等。在两次世界大战中，土耳其都是德国的同盟国，所以在各处王宫中德国的文化影响最大。

主人特地从首都安卡拉邀来芭蕾舞团在王宫中演出，又邀来全国最佳的肚皮舞女郎表演。在古堡中则有古装卫兵作斗刀之战。我觉得，大部分土耳其人在精神领域上，主要还是沉湎于古代的军事光荣之中，对于现代化似乎并不怎么重视。

托加普王宫现在已改成了博物院。我久闻这王宫中收藏的中国青花瓷器甲于天下，特地一个人去参观，果然看到一座座殿堂之中，陈列着无数珍贵至极的中国古瓷。向导不住向我背诵，这王宫中的珍珠共有几万几千颗，钻石有几万几千克拉，黄金又有几万几千两，但对于达到艺术之高峰的中国瓷器，他却全然不懂。他对我这中国人感到有点抱歉，忽然说："前几天有一位中国人来看过。他是电影导演，入了土耳其籍的，是我们土耳其唯一的电影导演。"我问他那中国人叫什么名字，他却说不上来。

直到现在，我还是不知道这位土耳其独一无二的电影导演是哪一位中国同胞。

烟草、古迹、诗句

开完会后，我们坐飞机到土耳其西部的伊斯米去观光。伊斯米是地中海畔的名城，附近是烟草的出产地。土耳其烟草品质之佳，据称是世界第一，任何上等的美国香烟、英国香烟中，都混有百分之三到百分之五的土耳其烟叶（再多就混不起了，成本太高）。每年烟草烤干后，伊斯米烟草市场开业数天。几天之中，来自全世界各地的香烟制造商就将全部烟叶都竞买了去，迟来就买不到了。

我曾抱着探险的心情，坐了马车去试一试"真正土耳其浴"的滋味。原来那是一座巨石建成的大厅，四壁石块烧得火滚，于是满厅都是蒸汽。大厅之大，足可容得四五百人。一"蒸"的价钱非常便宜，在东京洗一次"假土耳其浴"，在土耳其至少可洗"真正土耳其浴"二十次。

伊斯米一带，古代称作腓尼基，是人类文化最早发源地之一。我们曾到伊斯米之南的艾弗索斯古城去参观。那完全是希腊文化的遗迹，希腊人留下的神庙、会议场、剧场、浴场，几乎和雅典没什么分别。在罗马时代，安东尼和克丽奥派特拉在这地方住过相当时候。替我们解释的是土耳其一位著名的学者，出口成章，谈吐风趣。他说："各位朋友，你们脚下踏着的石板大街，在两千年前，安东尼曾拉着克丽奥派特拉的手，在这里情话绵绵，并肩散步。"

在当天晚上的宴会中，这位学者刚好和我同席。我向他问起土耳其的大诗人希克梅特。他说希克梅特不容于土耳其，死在苏联，葬在苏联。他用英语翻译希克梅特的几句诗给我听。这首诗题目叫作《死了的小女孩》，描写一个在广岛被原子弹炸死的小女孩：

> 十年前我还活着，
>
> 在广岛平安喜乐地生长。
>
> 那时我是一个刚满六周岁的小女孩，
>
> 现在我死了，永远不会长大。
>
> 烈火先卷去我的头发，
>
> 然后两只眼睛，接着是我的双手。
>
> 现在我的身体成了一堆灰烬，
>
> 一堆伴着寒风的灰烬。

我默默念了几遍，努力记在心里。

土耳其人的烹调是糟透了的。主人隆重款待我们，给我们吃最好的食物，但每次盛宴，主菜总是白水煮羊肉或者烤牛肉，没有酱汁，没有什么调味品。

土耳其人很是好客。他们大都不大有钱，但什么东西都乐于与朋友共用。大概这是游牧民族的遗风。

或许很少人知道，"圣诞老人"是土耳其人。他本来是土耳其南部的一位基督教主教，生平乐善好施。当时土耳其人嫁女，必须有相当数量的装备，否则纵使贫女如花，也还是嫁杏无期。这位主教每当听到他教区中哪一个姑娘因为没钱而嫁不出去时，便在半夜里悄悄爬上屋顶，从烟囱中将金钱丢了下去，免得那些贫家姑娘"苦恨年年压金线，为他人作嫁衣裳"。这位主教死后，教会中称他为"圣尼哥拉斯"，逐渐演变而成为全世界小孩子最欢迎的"圣诞老人"。

圣母玛利亚的居室

伊斯米附近有一座小小的石室，是圣母玛利亚最后居住的地方，现在已成为天主教人士去朝拜的圣地。耶稣被钉死在十字架上后，玛利亚从以色列逃了出来，来到这个荒僻无人的山边，怀着丧失爱儿的悲痛，在这石室中默默地度过了她的余年。

我去参观这石室时，一直和一位英国老太太格里姆斯夫人在一起。她丈夫是国际新闻协会的热心分子，每一次年会都曾和她一起去参加。柏林、巴黎、东京、斯德哥尔摩……总是一对老夫妻同去。今年年初，她丈夫逝世了，她想了很久，要不要到土耳其来。她说："乔治从来没来过土耳其，他说过要和我一起来的。现在他不能来了，我还是要来看一看，将来好说给他听。"她相信自己不久也要死了，那时候就可和她的乔治重行团聚，好把土耳其的风光，慢慢说给他听。

我想起英国诗人 D. 罗塞蒂写过一首小诗，描写一个早夭的少女，在天堂中等待她情人的灵魂升天，素手如玉，倚着黄金栏杆，晶莹的泪珠，滴上了白色的长袍……

1966 年 2 月

（京权）图字：01-2023-1438

图书在版编目（CIP）数据

金庸散文/金庸著. --北京：作家出版社，2023.6
（作家散文典藏）
ISBN 978-7-5212-2244-9

Ⅰ.①金… Ⅱ.①金… Ⅲ.①散文集–中国–当代
Ⅳ.①I267

中国国家版本馆CIP数据核字（2023）第052970号

金庸散文

丛书策划：路英勇　张亚丽
出版统筹：启　天　省登宇
作　　者：金　庸
策划编辑：钱　英
责任编辑：杨新月
封面绘图：黄　裔
装帧设计：TT Studio　孙惟静
出版发行：作家出版社有限公司
社　　址：北京农展馆南里10号　　邮　　编：100125
电话传真：86-10-65067186（发行中心及邮购部）
　　　　　86-10-65004079（总编室）
E-mail: zuojia@zuojia.net.cn
http://www.zuojiachubanshe.com
印　　刷：三河市紫恒印装有限公司
成品尺寸：142×210
字　　数：207千
印　　张：8.5
印　　数：001-10000
版　　次：2023年6月第1版
印　　次：2023年6月第1次印刷
ISBN 978-7-5212-2244-9
定　　价：49.00元（精）